怖いトモダチ

岡部えつ

Etsu Okabe

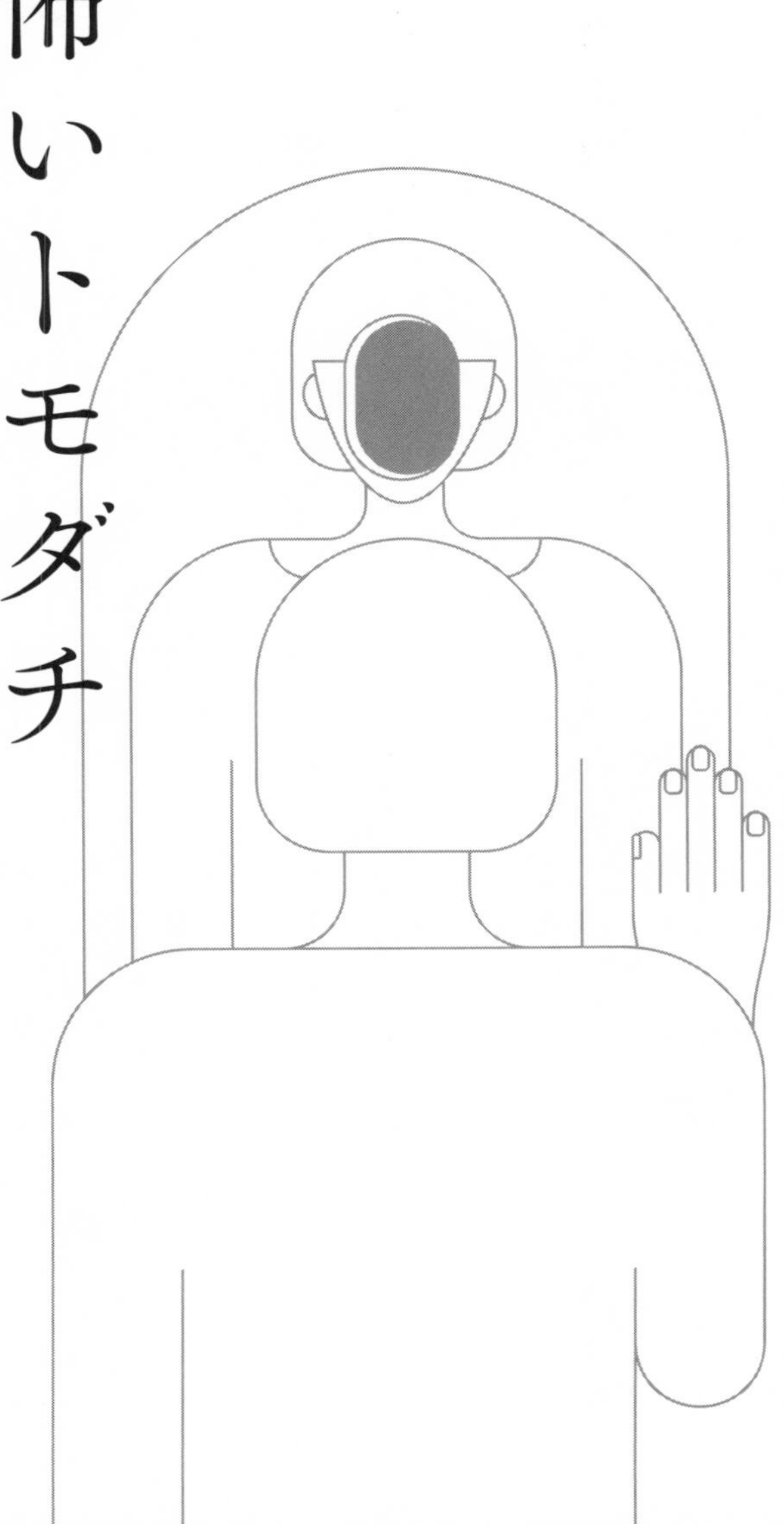

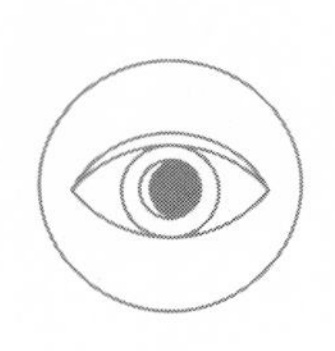

読者のみなさんへ。
これから私は、とある「トモダチ」について、
関係者への聞き取りを始めます。
「いい人」、「悪魔」、証言は食い違う……
本当のことを言っているのは誰で
トモダチは一体、何者なのか？
知れば知るほど謎が深まる
ミステリーの世界へようこそ。

登場人物よりひとこと

ユウキくんママ

お気楽な専業主婦に見られがちだけど、実は悩みがたくさん。そんなわたしに共感してくれたルミンさんには、本当に救われた。彼女のすごいところはそれだけじゃなく、もう一歩先に人を導いてくれることなの。

隆くんママ

この歳になって、尊敬できる人と出会えるなんて、幸せだよね？ 大好きな友達には、この幸せを分けてあげたい。そして、一緒に向上したい。そんなふうに考えられるようになったのも、中井ルミンさんのおかげなの！　感謝！

大石キラリ

「あの人は悪魔だ！」なんて言ったって、誰も信じてくれないし、話も聞いてくれませんでした。だから、ずっと待っていたんです。同じ、あの人の被害者に出会えることを。そして、誰かがあの人の正体を、暴いてくれる日を。

元サロン会員S

彼女はカリスマだから、妙なファンも湧いちゃうんです。そんな困った人にも共感して、優しく包み込むルミンさんて、本当に神。オンライン・サロンの熱心さにはついていけなかったけど、わたしはこれからも、彼女のファンです！

香里

優美からの電話には、本当にうんざり。何十年も前の事件をほじくり返して、森葵のことを、まるでサイコパスの極悪人みたいに言って。もしそれが真実だったとしても、わたしには、今優美が振りかざしてる〝正義〟のほうが怖いわ。

優美

葵ちゃんのことは、トラウマです。大人になった今でも、彼女と同じクラスだった頃のことを思い出すと、苦しくなるんです。葵ちゃんといると、わたしがわたしでなくなった。まるで、心を操られているみたいでした。

富野道隆

葵は、結婚していたことを公にしていないでしょう？　わたしとのことは、きっと黒歴史なんですよ。記憶からも、消し去られているんじゃないかな。仕方ありませんよ。わたしは、彼女が夢見た結婚生活を、与えてやれなかったんだから。

沙世の兄

森さん、本当にいい子だったんですよ。親父もおふくろも、あの子が来ると嬉しそうだった。あの子のおかげで沙世は学校と繋がれてるって、思ってましたから。俺達、二人は親友だと思ってたんだ。いや、そう思いたかったのかな。

岡田渡

中井ルミンね、ありゃ大したもんだよ。野心がね、本物だった。結局ああいう、なりふり構わないやつが成功するのさ。それからあいつは、物事の本質を捉えるのがうまかったね。物書きは、あのくらい獰猛じゃなきゃ。

沙世

あの人は恐ろしい能力の持ち主です。ターゲットにされたらとことんまで叩きのめされます。そして何年も苦しまされます。あの無垢な表情や柔らかな物腰、立派なご高説に騙されてはいけません。全部まがい物です。

野村千里

ルミンさんは、素晴らしい書き手です。特にわたしみたいな、自分の思いをうまく表現できない人間にとっては、偉大な代弁者です。読むたびに読者を感動させるものを書き続けるなんて、いったいどんな才能なんでしょう。

笹井常子

あの方は、ちょっと常軌を逸したところがありました。スイッチが入るというか、怒りを向けられたときに、そう感じたんです。まるで、人が変わったみたいになりましたから。あれ以来、彼女の書くものは読む気になれません。

堂本江梨

まあ、成功者は、妬まれてナンボでしょう。でも、ルミンさんは聖女みたいな人だから、嫉妬されることにも耐えられないんですよね。そういう繊細なところも、魅力です。これからも、わたしが彼女を守って、ますます輝かせます。

馬場紹子

あれは、人間じゃないよ。まるっきり、話が通じないんだから。間違いを指摘すれば「誤解した」とこちらを責めてきて、説明しようとすれば、耳を塞いで泣きわめく。そんなもんが、人間のわけない。ましてや、カリスマなんて。

白川敬

中井ルミンさんとは、いい仕事をさせてもらってますよ。何しろ、強力なファンがついてる。信者と言われてしまうくらい、熱心なね。万人の心に響くものを書けるんですから、最強です。これからも、ばんばん売っていきますよ。

倉田友昭

あいつさえいなければ、妻はあんなに苦しむことはなかった。あれは、悪魔ですよ。人の心をもてあそんで、食い物にしてるんだ。そうしてのし上がったくせに、聖人君子のような顔をして、すまして喝采を浴びている。許せません。

中井ルミン

わたしがサロンのメンバーたちから最も多く言われるのは「ありがとう」だ。思えば、子供の頃からそうだった。天才でも絶世の美女でもないわたしなのに、気がつくと人が集まり、感謝してくれる。なんて幸せなんだろう!

1　隆(りゅう)くんママの話　その1

こんにちは。面談、今終わったの？　わたしはこのあと。

久し振りだよね、学校行事、ぜーんぶコロナで飛んじゃったから。子供たち、本当にかわいそう。やっと最近通常運転になりつつあるけど、授業のほうもだいぶ遅れちゃったじゃない？　気になるよね。最初の頃、オンライン授業もなかなか始まらなかったしさ。この前、ユウキくんのママに会ったのよ。そう、幼稚園で一緒だった。あちら、私立に通わせてるじゃない？　話を聞いてみると、ことはだいぶ違う。オンラインのシステムもすぐ整えられて、学校のフォローは万全。あまりの違いに、溜息(ためいき)が出ちゃった。

ところで、個人面談はどうだった？　特に何もなし？　あ、そう。

わたし、ちょっと気になってるんだよね、木下(きのした)先生のこと。時々、いらついてない？

そう、それ。この間の国語のオンライン授業のことよ。おたくの章(しょう)くん、先生の板書が間違ってるのを指摘しただけなのに「そんな言い方されたら、先生、悲しい気持ちになりますっ」なんて、ヒステリックに反応してたでしょ。小学二年生相手に、教師があんな言い方するって、ありえる？　わたし、ぎょっとして、横から隆のタブレットを覗いちゃったもん。そばに親がいることもわかってるだろうに、平気であんな態度をとれるのも怖い。

あれ、親が苦情を言ってもいいレベルだと思うんだけど、面談で言った？　だよね、無理だよね、わかるわかる。そうしたからって担任を変えてもらえるわけじゃないし、先生が素直に反省して態度を改める保証もないもんね。それどころか、モンスターペアレント認定されて、子供に影響しかねない。それが一番怖いよね。このまま口をつぐんで、来年こそはいい担任に当たりますようにって、祈るしかないか。

でもさ、それでいいのかな。誰も声を上げなかったら、あの先生に受け持たれた子供たちは、ずっとあんな目に遭わされ続けちゃうんじゃない？　それ、親として、大人として、いいことなのかな。言うべきことは、きちんと言うべきじゃないのかな。

やだ、びっくりした顔しないでよ。わかってる、そんなこと言い出すタイプじゃないもんね、わたし。声なんか上げたって意味ない、自分に物ごとを動かすような力はない、柄にもないことをして損するくらいなら、長いものに巻かれているほうがまし、そういう人間だったもんね。いいのいいの、本当にそうだったんだから。

実はね、在宅勤務が増えて、少しだけ時間ができたんで、ちょっと勉強を始めてるの。ううん、学校じゃなくて、オンライン・サロン。そう、今、流行(はや)ってるでしょ。わたしが入ってるのは、中井(なかい)ルミンさんて人が主宰してるサロン。彼女のこと、知ってる？　知らないか。エッセイを一冊出してるんだけど、すっごく素敵な考え方をする人なんだ。彼女の書いたものを読んでると、目からウロコがポロポロ落ちて、世界が広がるっていうのかな。サロンで彼女と直接触れ合っていると、さらにどんどん広がっていく感じ。意識が変わったんだと思う。

ううん、そんな怪しいものじゃないよ。ネットワークビジネスでもカルトでもないってば。ユウキくんママも入ったんだから。

よかったらこれ、貸してあげる。彼女の本『あなたはもっと輝ける！』。気に入ったら、オンライン・サロンにも参加してみたらいいよ。いやいや、勧誘じゃないってば。自分がすごく楽しいから、お勧めしてるだけ。ほんと、それだけ。

ああでも、怪しいって言われちゃうのも、無理はないかな。その本を読んで「救われた」とか「人生が変わった」って言う人が、たくさんいるから。わたしもその一人。自分を変えた一冊って言っていい。どう変えたかっていうと、ネガティブな感情や思考と向き合えるようになったの。これって、できそうで、なかなかできることじゃないんだよ。

人って、理想があるじゃない？　尊敬する偉人とか、憧れのスターとか、あんなふうになりたいっていう理想。それと自分との間には、必ずギャップがあるよね。それを埋めれば埋めるほど、理想に近づける。だとすれば、理想の自分になるって、そんなに難しくなさそう。なのに、人って、いつまでたっても理想の自分になれないよね。憧れのあの人だったらこんなとき絶対に逃げたりしないって場面で、わかっててもつい逃げちゃう。こんな意地悪はあの人ならしないって思いながら、つい意地悪しちゃう。それでも、大した自己嫌悪もなく平気で生きていられるのは、自分のダメなところから目を逸らしているからでしょ？　自分を誤魔化してるんだよね。

ルミンさんは、そこを突くの。彼女自身が、人生を通して自分の負の部分と向き合ってきた人だから、わたしたちに、目をちゃんと開いて、自分を見つめることを迫ってくるの。深く深く見つめ抜いて、底に沈んでいるものを探し当てなさいって。わかるかなあ、それができたときの感動。あはは、わかんないよね、ごめんごめん、語っちゃって。とにかく、読んでみて。つまらなかったら、すぐに返してくれていいから。

ちなみにサロンはね、だいたい週末に、オンライン・ミーティングを開くのがメインなの。予め(あらかじ)テーマが決まっていて、それについて参加者全員で話し合うんだ。まずは少人数のグループに分かれて話し合って、その後、それぞれの代表が、全員の前でグループの意見を発表する。それから、さらに議論を尽くしていくの。結論を出すのが目的じゃなくて、自分の意見を持つことを大事にする。とっても和(なご)やかだよ。たまに難しい話をする人もいるけど、全体に平和的。ディスり禁止だしね。何より、考える力がついてきてるのが、自分でわかる。それが楽しいの。

みんな、日々ちゃんと自分の頭で考えて行動してるって思ってるけど、案外そうじゃないんだよ。サロンのミーティングに参加して、それがよーくわかった。わたし、自分で考えているつもりだったけど、ネットやテレビにずいぶん影響されて、流されてたんだなあって。全然、自分の頭で考えてなかった。

実を言うとね、先週末のミーティングのテーマが『子供の学校にクレームをつける』だったの。そう、わたしが提案したテーマ。章くんのことがあって、まるで子供を人質にとられているみたいな気持ちになってる自分が嫌になっちゃって、人の意見を聞きたくて、ルミンさんに相談したら、議題にしてくれたんだ。

このミーティングが、思いの外(ほか)盛り上がってさ。メンバーには、子供がいる人も多いし、学校や塾の先生もいるから、いろんな意見が出たよ。そういうのを聞いて、話し合っていくうちに、だんだん、自分が本当に言いたかったことが、きちんと整理されてきたの。

それでね、せっかくだから、まとめた自分の考えを、面談で、木下先生にお話しするつもり。

やだ、そんな顔しないでよ。心配ないから。章くんの名前なんか、出すわけないでしょ。ただ、わたしの意見を言うだけ。先生を責めたりもしないから、安心して。だけど、一人くらいこういう親がいることを、先生に知っておいてもらうのは、悪いことじゃないでしょ？

んもう、さっきからそんな顔して、やだな。わかったわかった、白状するよ。だいぶ、ルミンさんの受け売りです。影響受け過ぎ？　でも、いい影響でしょ？　サロンに入ってから、会社での人間関係も改善したんだよ。

そういう自分だって、さっきから本を開いて、ちらちら読んでるじゃない。え、違う？　何見てるの？　ああ、ルミンさんの写真か。綺麗(きれい)な人でしょう？　心はもっと美しいんだよ。ほんと、憧れの人。

2 ユウキくんママの話

中井ルミンさんのオンライン・サロン？　うん、入ってるけど、誰から聞いたの？　あ、そっか、隆くんママね。そう、彼女の勧めで入ったの。あなたも誘われちゃった？　やっぱりね。

うん、楽しくやってるよ。隆くんママの熱心さには、ちょっと引いちゃってたんだけど、お試しでミーティングに参加してみたら、まともなサロンだったから、正式入会したのよ。ルミンさんも、実際とてもいい人で、わたしたちをぐいぐい引っ張りながら、思考トレーニングをしてくれる。

あはは、そうそう、隆くんママはルミンさんの大ファンだから、そういう言い方しちゃうのよね。だけど、わたしから見たら、ごく普通の、まともなサークルって感じよ。

ルミンさんのことを知りたいの？　ああ『あなたはもっと輝ける！』を読んだのね。あれは、名著だと思うな。わたしが、隆くんママの熱意に引きながらも、サロンにお試し参加したのは、あの本を読んだからだもの。ずっと胸につかえていたものを、次々に言語化してくれるから、読みながら、何度「そうそう！」って叫んだことか。

幼稚園のときにはあまり話さなかったけど、わたし結構、悩み多き主婦なのよ。お気楽専業主婦だと思ってたでしょう？　それは上辺だけ。二世帯住宅とはいっても、お姑さんたちとはほぼ同居みたいなものだし、夫には姉が三人もいて、うち二人は都内に住んでるのよ。だいたい想像がつくでしょう？

今だから話すけど、わたし去年、円形脱毛症になっちゃったの。義理の姉の子と、うちのユウキが同い年で、一緒にお受験して、あっちが落ちちゃってね。もう地獄よ。こういう結果を恐れて、わたしははじめから公立を希望してたのに、姑たちも夫も、ユウキを夫の母校に通わせたがって。わたしの心情なんか、これっぽっちも考えてくれなかった。先に義姉の子が抽選で落ちた後は、わたし、自分の子供の不合格を願ってたのよ、本気で。馬鹿みたいでしょう？　でも、合格しちゃった。それで、新学期が始まったら、髪の毛が抜け始めちゃったの。

今はもう落ち着いてるから、心配しないで。義姉との距離のとり方もうまくなったし、子供同士は仲がいいから、救われてる。それに、ルミンさんのオンライン・サロン。この存在も大きかったと思う。

入って間もない頃のミーティングでね、『自分を嫌っている人と、どう対峙するか』がテーマになったことがあったの。正に、タイムリー。そのときのわたしのグループは、若い人が多かったから、職場や学校の人間関係の話ばかりで、わたしだけが、家族のことを話したのね。そしたら、みんながすごく関心を持ってくれて。全体発表の前に、ルミンさんが各グループに顔を出してくれるんだけど、彼女も、わたしの話に強く反応してくれたの。

「お受験の結果が出て以来、お義姉さんの言葉や態度が、いちいちきついんですね。それは辛いなあ。その上、夫もお姑さんたちも、まったく気づいてくれない。フォローもしてくれない。孤立無援の状態だもんなあ、辛いなあ」

そんなふうに心から共感してくれて、わたしはもう、泣きそうよ。でも、ルミンさんはこう続けるの。

「お義姉さんも、辛いだろうなあ。自分の子供がお受験に失敗したことよりも、可愛い甥っ子の合格を素直に喜べない自分が情けなくて、苦しんでいるかもなあ。あなたに対する態度が、その延長上にあるとしたら、それ、意地悪ではないのかも。情けない自分と闘っている最中の苦しみが、強気の態度になってしまって、それが、あなたには意地悪く映ってしまっているのかも」

これにはカチンときて、言い返しちゃった。

「わたしは、彼女を気遣ってばかりいます。息子が合格したときも、本当は喜びたかったのに、嬉しそうな態度もとれず、今も、彼女の前では学校の話題をなるべく出さないよう、気遣っています。それなのに、意味もなく嫌われて、苦しんでいるのはわたしのほうです」

するとルミンさんは切り返してきた。

「あなたは、お義姉さんへの気遣いから、ご自分のお子さんのお受験成功を、心から喜べなかった。それは、しんどいなあ。でもどうして、そんな気遣いをしなくちゃいけなかったんだろう。構わず大喜びして、家族でお祝いしたってよかったのに」

「そんなことをしたら、もっと嫌われてしまいます」

「じゃあ、もしも結果が逆だったとして、お義姉さんが自分の子の合格を喜ぼうとせず、学校の話もしようとしなかったら、あなたはどう思うかなあ。お気遣いありがとうって、気持ちになるかなあ」

はっとするでしょう。もちろん、わたしもはっとした。自分が「気遣い」と呼んでとっていた態度が、義姉の目にどう映っていたか想像したら、「ああ、そうか」って。それに、嫌われるより先に、自分のほうから義姉を嫌っていたことにも、あらためて気がついた。嫌いな相手だから、どんな態度をとられても、意地悪に受け取っていたんだなって。

それがわかったからって、義姉を好きになれたわけじゃないけど、自分のことがひとつ深く理解できて、楽になったよ。

サロンのミーティングって、毎回こういう感じなの。テーマは様々だけど、どれも身近で、興味を持てなかったものは、ひとつもない。毎回、新しい思考の方法を手に入れてる気がするの。だから、ミーティングが終わったあとって、そのままベッドに倒れこんじゃうくらい疲れていて、でも、この上なく気持ちいい。すごい充実感なの。

隆くんママが、好きな友達に勧めまくってるのは、それが理由だと思う。わたしの他にも、何人か入ったんじゃないかな。

中井ルミンさんに？　ううん、直接会ったことはない。以前は都内のカフェなんかで集まることもあったみたいだけど、コロナ以降は全部オンラインだって。でも、そのおかげで地方の会員が増えて、逆によかったって、ルミンさん言ってたな。自分も地方出身だから、嬉しいって。

出身地？　さあ、それは聞いたことない。そういえば、ルミンさんて、プライベートなことは話さない。本のプロフィールにも、年齢や出身地は書いてなかったし。名前もきっとペンネームだよね。わたしより年上だとは思うけど、見た目はすごく若くて、服装も個性的だから、年齢を感じない。既婚者かどうか？　どうかな。そういえば、聞いたことないな。グループで義姉の話が盛り上がったとき、つられてみんな、それぞれの家族のことを話しだしたけど、ルミンさんは、入ってこなかった。まあ、自分のことを話したがらない人って、いるからね。それに、身内の話って、結局自慢になっちゃうことが多いから、そういう意味では、サロンの主宰者として、意識的に控えているのかもしれない。

とにかく、ルミンさんは素晴らしい人よ。サロンのみんなから慕われてる。

わたしたちの合言葉は「みんなで幸せになろう」なの。目の前に立ちはだかる問題に、どんな思考で対応するのが最適か、とことん考える訓練をして、みんなで幸せになっていこうって。それが、ルミンさんがサロンを開いた目的なんですって。

なんだかね、わたしは一人じゃないんだって、そう思わせてくれるのよ、あのサロンは。だから、居心地がいい。ルミンさんの人徳だね。

どうする？　入る気になった？　考えてみる？

3

中井ルミンのエッセイ『オンライン・サロンで幸せになろう』

人と繋がりたい。

そう思ってオンライン・サロンを始めて、二年になる。

本来なら、しっかりとコンセプトを固め、運営スタッフも揃えて、ビジネスとしてやっていくものなのだろうが、わたしはただ、人と繋がりたい気持ちだけに突き動かされて、始めてしまった。

そんな頼りない会なのに、十数人の人たちが登録してくれた。それっぽっち？　と言われそうだが、人と繋がりたかったわたしには、十分な数だった。

首都圏の人が多かったので、よく都内で集まった。このサロンをどんなものにしていくか、そこで決めていったのだ。

だから、初期メンバーの方たちは、半ば運営スタッフと言ってもよかった。彼らの熱意と行動力のたまものとして、わたしのオンライン・サロンは動き出し、成長していった。彼らとの絆には、何にも代え難い、特別な思いがある。

『わたしたちは、何がしたいのか。』

ひとつテーマを決め、それについてとことん考えようというグループ・ミーティングは、回を重ねるごとに、素晴らしい成果を上げるようになっているが、その第一回のテーマは、これだった。

いろんな意見が出た。

・人と繋がりたい（これは、わたし）。
・仕事に役立つ情報交換をしたい。
・何か、ひとつのものを、みんなで作り上げたい。
・愚痴（ぐち）を聞いて欲しいし、聞いてあげたい。
・悩み相談。
・みんなで何かを考え抜きたい。　……etc.

どれも「うん、うん、わかる、わかる」なのだけど、いまひとつピンとこなかった。立派な看板を揚げようとは思っていなかったが、せっかく中井ルミンの名の下に集ったのだから、わたしがいることの意味もちゃんと持たせたかった。

そこで、わたしはみんなに、ひとつの質問を投げてみた。

「どうして、わたしのサロンに入会しようと思ったのですか?」

すると、驚いたことに、全員が同じ答えを返した。

「幸せになれると思って」

わたしは驚いた。まったく想像していない返答だったからだ。

彼らは異口同音、わたしの著書を読んで、ハッピーになったと言った。だから、わたしのオンライン・サロンに参加すれば、きっともっとハッピーになれると思ったと。

「それじゃあ、みんなで幸せになろう!」

わたしが言うと、みんなが「オー」と拳を上げた。そして、けらけらと笑い合った。

その日から、このサロンの合言葉は「幸せになろう」だ。

幸せの内訳は、人それぞれ違う。でも、幸せな気分は、みんなで共有できる。共感もできる。

素敵だな、わたしらしいな、と思った。それこそ、わたしは幸せな気分になれた。

こんなふうに始まった、わたしのオンライン・サロンだが、さほど宣伝もしていないのに、気がつけば四桁の人が会員となっている。老若男女、さまざまな方たちがいる。本当に、ありがたいことだ。

たくさんの人をまとめるのって、大変じゃないですか？　とよく訊かれる。

確かに、人の数だけ個性があり、問題があり、相性もある。しかし、おそらく多くの人が想像しているほど大変ではない。

それも、「幸せになろう」の合言葉のおかげだと思っている。考え方が違っても、求めるものが違っても、正義が違っても、お互いの幸福を考えることで、わたしたちはまとまることができているのだ。

幸せを目指す人たちが、集まってひとつのことを考え、知恵をしぼり、悩み抜いて、自分だけでは思いつけなかったことを思いつき、あるときは道を拓き、またあるときはつまずきながら、到達点に達する。

わたしは、そのお手伝いをさせてもらっている。あくまでお手伝いで、指導はしない。

それが、とてもいいバランスを生んでいると自負している。

先日、会員の一人から、お子さんの学校について、相談を受けた。先生との信頼関係が揺らいでいるという、心配ごとだった。これは、みんなで考える価値があると思った。

ある事柄を議題に乗せると、世界ができる。うまい表現ではないかもしれないが、わたしはいつも、そう感じる。そこにいる人たちの脳が、言葉という糸で繋がって、有機的な何かを形成していく感じだ。

互いの考えを覗き見ることはできないが、伝達はし合える。送ったり受け取ったりすることで、それぞれの思考が刺激され、転がっていく。伝達の糸、つまり言葉の道が、どんどん増え、太くなり、方向を定めていく。その様子が「世界形成」という感覚に近いのだ。

『学校の先生と、どうしたら信頼関係を築けるか。』

・モンスターペアレントだと思われないためには？

・何をしたら、どんな影響が子供に及ぶ？

・何をしなかったら、どんな影響が子供に及ぶ？

・そもそも、学校とは？

・理想と現実のギャップを埋めるには？

みんなの脳が言葉で繋がって、伝達し合い、ごろごろ動き始めた。はじめは各々で動いていたそれが、しだいに同じリズムを刻むようになり、やがて一体化し、目指す到達点へ向かっていった。

この日話し合われたことは、のちに素晴らしい実を結んだ。最初に相談してくださった会員さんが、実際に先生と話し合い、距離を縮めることに成功できたのだ。

またひとつ、幸せが増えた！

こういうことがあると、わたしたちは全員で祝う。一人の幸せを、全員で共有する。すると、他人を祝うという行為が、その人を幸せにする。この積み重ねが、中井ルミンのオンライン・サロンのすべてと言ってもいい。

誰でも、ウェルカム。気になったら、ぜひご参加ください。

4　元サロン会員Sの話

あ、はい、そうです。わたし、半年前まで、ルミンさんのオンライン・サロンの会員でした。ツイッター検索で見つけたっておっしゃってましたけど、あんな前の、書いたわたし自身も忘れてるようなつぶやき、よく見つけましたね。

サロンへの入会を検討中だということでしたよね。だったらわたしなんかじゃなくて、現役の会員に訊いたほうがいいんじゃないですか？　何人か、紹介できますよ。違う？　辞めた人に訊きたいことがある？　へえ、何でしょうか。

わたしが入会したきっかけですか？　ルミンさんのブログです。彼女、本を出す前から、長いことブログを書いてたんですけど、わたしはその頃からの読者なんです。だから、筋金入りのファンですよ。サロンの会員番号も一桁です。

辞めた理由ですか？　いいえ、トラブルがあったわけじゃないです。情けないんですけど、経済的な理由で。コロナでバイトが減っちゃったもんですから、月三千円の会費がきつくなっちゃって。サロンの仲間からは、サブスクをいくつか辞めればいいとか言われましたけど、そこまでして継続する気にもならなくて。

いや、サロン自体は悪くなかったですよ。すごく勉強になりましたし、仲間もいい人ばかりでしたし。でも、中の雰囲気っていうのかな、みんなすごく熱心で、その熱さに、ちょっとついていけないところがあったんですよね。ま、わたしの頭が悪くて、ミーティングであまり発言できなかったってのも、あるんですけど。

ルミンさんですか？　あの人は、すごいです。ああいうのを、カリスマっていうんですかね。人を惹(ひ)きつける人でしたよ。だから、サロンの会員数は、毎月コンスタントに増えていました。辞める人がいないんですから、そうなりますよね。わたしは、かなりのレアケースです。

わたし以外に、あのサロンを辞めた人ですか？　一人だけ、知ってます。わたしより少し前に、退会した女性。退会理由ですか？　いやあ、入会検討中の方に、あまり余計なことは言いたくないなあ。

ここだけの話にしてもらえます？　端的に言えば、出禁(できん)になったんですよ。狂信的なファンていうんですかね、ちょっと一線を越えちゃった人だったんで。ああいう輩（やから）にまとわりつかれちゃうのは、カリスマの宿命なんでしょうかね。

　さあ、ルミンさんが具体的にどんな被害に遭ったのか、全部は知りません。コロナ前、まだ会員が少なかった頃は、都内のカフェや区民センターなんかで集まることも多かったですから、そういうときに、しつこくされてたみたいです。家まで押しかけられたっていう噂（うわさ）もありました。とにかく、そうした問題行動のせいで、クビになったんです。

　ええ、わたしも面識はありましたよ。同じグループでディスカッションをしたこともあります。そのときはまだ、まともな人に見えましたけど。良く言えば真面目、悪く言えば融通が利かない感じがしました。頑固というか、意固地というか。サロンの活動には、人一倍積極的だった印象もあります。ルミンさんに認められたい一心だったのかな。

　えっ、彼女に会いたいって、本気ですか？　どうしてですか？　いろんな視点からの意見を聞いておきたい？　わからなくはないですけど、ずいぶん悪趣味ですね。あの人は、まともじゃないんですよ。中井ルミンのストーカーだったんですよ。

　それより、いったいどの部分で、入会を迷ってるんですか？　お試し入会もできるんですから、まずはそこから始めてみたらいいじゃないですか。損はしませんよ。元会員のわたしが保証します。

え？　気が弱いから、お試し入会したら、そのまま本入会させられちゃうって？　いやいや、そんな強制的な団体じゃないですよ。それに、わたしが辞めたときだって、運営側があれこれ口を出してくることはなくて、スムーズでした。心配いりません。辞める人がいないのは、辞めさせてもらえないわけじゃなくて、それだけ魅力的なサロンだからですよ。

そのストーカーとですか？　まさか、連絡なんかとってないです。メアドも電話番号も知りません。ああでも、彼女、辞めたばかりの頃、ブログをやっていたから、それが今でもネットにあれば、そこから連絡がつくかもしれません。あの人、サロンを追い出されてからしばらくの間、そのブログで、ルミンさんを誹謗中傷してたんですよ。本当に、たちが悪いです。

ブログの名前は、確か『大石キラリ公式ブログ』です。〝公式〟って言ったって、彼女、何者でもないんですよ。ね、ちょっとずれてるでしょ。会うのは、やめておいたほうがいいと思うけどな。

あ、見つけました？　そうそう、そのブログです。ルミンさんを誹謗中傷した記事、ありました？　ないですか？　じゃあ、消去したんだな。サロンの運営スタッフが、そうとう怒って抗議したらしいから。一歩間違えば、炎上案件だったかもしれませんけど、あそこのスタッフは優秀だから、きっとうまく収めたんでしょう。よかった、よかった。

もしも炎上していたら、大変だったと思いますよ。ルミンさんて、カリスマ性がある反面、ものすごく傷つきやすい人らしくて、その誹謗中傷ブログを読んで、半月くらい寝込んじゃったんですから。その間、サロンも止まっちゃって、みんなでずいぶん心配しましたよ。炎上なんかしていたら、一年くらい立ち直れなかったんじゃないかな。

どんな誹謗中傷だったか？　それが支離滅裂で、細かいことはもう覚えてませんけど、裏切られたとか、こいつは悪魔だとか、みんな騙されているとか、最終的には「中井ルミンは、わたしの作品をパクっている」って言ってましたね。作品っていったって、サロンの中のサークル活動で書いた、エッセイだか詩だかのことですよ。ド素人が書いたものです。下手過ぎて、サロンのホームページ掲載に採用されなかったくらいです。そんなものを、ルミンさんがパクったなんて、聞いているこっちが恥ずかしい。ひどい逆恨みです。

だけどルミンさん、広い心でそれを受け止めたんです。ショックで寝込んでしまった後、オンライン・サロンに復帰してきたとき、送られてきた一斉メールが忘れられません。お見せしましょうか。ちょっと待ってください……あった、これです。

《皆さん、彼女を責めないでください。あの人は、わたしのファンであり、サポーターです。それは、今でも変わらないはずです。ただ、好意が少し行き過ぎてしまっただけです。人は、人を好きになり過ぎると、その人になってしまいたくなることがあります。おそらく、彼女は、わたしになりたかったのでしょう。わたしを苦しめたかったわけじゃない。間違った、歪んだ愛情ですが、それもひとつの愛の形ではあります。

わたしは、謂れのない中傷を受けて、とても傷つきました。今も、その傷は癒えていません。愛という凶器は、真っ赤に焼けた鉄の棒のようです。本当に、苦しい。

でも、その傷のために、せっかく歩み始めた道を、諦める気はありません。しばらくは、速度は落ちるでしょう。休み休みになるかもしれません。でも、わたしは、決して歩みを止めません。それしか、この苦しみから逃れる術はないのです。

どうか、皆さん、そんなわたしの背中を、見守ってください。そして、一緒に前へ進んでください。》

こんなことを言える人、なかなかいないと思いません？

サロンは辞めましたけど、わたしはこれからもずっと、ルミンさんの背中を追っていきますよ。

5　大石キラリの話　その1

あのう、メールくださったの、あなたですか？　大石キラリです。どうも、はじめまして。びっくりしました。今は別の名前でｎｏｔｅをやってるから、ブログは放置してるんで。読んでくれる人がいたなんて、感激しちゃった。感想、嬉しかったです。

で、ご用件は何ですか？　わざわざ会わないといけないなんて、ちょっとびびってるんですけど。

えっ、中井ルミン？　知りませんよ、そんな人。オンライン・サロンの元メンバーから聞いた？　ああ、そういうことですか。わたしのこと、クソミソに言ってたでしょう。あっでも、元メンバーってことは、その人もサロンを辞めたんですか？　ってことは、わたしみたいに、あの悪魔にやられたクチかな。違います？

もしかして、あなたもそうですか？　あの悪魔に何かされました？　違う？　それなら、わたしに何を訊きに来たんです？　オンライン・サロンに入ろうか迷っていて、参考に？　まさか。あそこに集まってくるのは、彼女のファンと信者だけです。アンチの声を訊こうなんて人、いるはずない。本当のことを言わないなら、こっちだって話しませんよ。

そうら、やっぱり。中井ルミンの昔の知り合いですか。昔って、いつの？　学生時代!?　うわっ、じゃあ、あの悪魔の素性を知ってるんだ。そういうわけじゃないって、どういうわけなの？　彼女とは長いこと疎遠？　なるほどね。でもああいう人は、子供のときだって何かやらかしてるにきまってる。でしょ？

まあいい。とにかくあなたは中井ルミンの昔の知り合いで、何かを調べようとしてる。そしてわたしは、あなたもあの悪魔の被害者であって欲しいと思ってる。あなたもあいつの正体を暴こうとしているんだって、そう思いたいんですよ。

……だんまりですか。いいですよ。何が訊きたいんです？　は？　消去したブログ記事を読ませろって？　ずいぶん図々(ずうずう)しいですね。そっちは手の内を見せないくせに。

言っときますが、わたしもあなたと同じことをしようとしたことがあるんです。他にもいるはずの被害者を、探し出そうとしたの。そうすれば、わたしが間違ってなかったことを証明できるから。でも、行き詰まりました。あの悪魔、身元がまったくわからない。サロンの運営スタッフも、出版社の担当編集者も、絶対に教えてくれない。鉄壁の守り。だから実は今、ものすごく興奮してるんです。あなたは、わたしが知りたかった彼女の情報を持ってる。本名や出身地をね。今訊いても、答えてはくれないでしょうけど。わたしも色々と痛い目を見てきたから、わかります。彼女にされたことを話せば話すほど、眉をひそめられて、敬遠されて、悪者扱いされた。だから、口をつぐんだんです。

ねえ、こっちも少しは提供しますから、約束してくれませんか。あの悪魔の正体がわかったら、必ず教えてくれるって。

消去した記事は、残してあります。提訴するとかなんとか脅されて、泣く泣く消しましたけど、ちゃんと保存してあります。クリックひとつで元に戻せるんです。今のところ、戻す気はないですけどね。あの人たちとやり合うのは、もうこりごり。

わたしは『あなたはもっと輝ける！』の熱心な読者でした。だから、彼女がオンライン・サロンを始めると聞いて、すぐに入会したんです。はじめは少人数でしたから、気軽にカフェや公民館に集まって、わいわいやってました。みんな、大好きなルミンさんと直接顔を合わせて、仲間みたいになって、有頂天（うちょうてん）だった。彼女は、エッセイの語り口そのままに、わたしたちを導いてくれました。本当に、至福の時間だった。

会員も増えて、全国を繋いだオンライン・ミーティングが始まって間もない頃でした。ルミンさんから、相談に乗って欲しいと連絡がきたんです。次のミーティングのテーマが『自分を宣伝する』になったから、広告代理店に勤めているわたしから、アドバイスが欲しいって。

そんなふうに指名されたのも、一対一で会うのもはじめてだったから、すっかり舞い上がりました。恵比寿(えびす)のカフェで会ったんですけど、何を話したか、よく覚えてません。興奮してたし、長時間でしたし。でも、トラブルがなかったのは確かです。意見はぶつかってないし、失礼なことをした覚えもありません。

ところが、翌日お礼のメールを送ったのに、返事がなかったんです。考えてみれば、お礼を言うのはあっちのほうなんですけどね。ふだん礼儀正しい気遣いの人なのに、変だなって思いました。三日経(た)っても返信がないので、もしかしたら送信が失敗してたのかもしれないと思って、もう一度送りました。でもやっぱり、返信はこなかった。

そのまま、オンライン・ミーティングの当日になりました。そしたらね、テーマが変わってたんです。『友達からマウントをとられたら』って、宣伝とは全然関係ないものに。面食らって、頭がフリーズしました。グループ・ミーティングに移ってからも、いつもならリーダー役を買って出るのに、全く発言できずに呆然（ぼうぜん）としてました。しばらくして、いつものようにルミンさんがグループ・ミーティングに入ってきたんです。いつもの笑顔で、いつものふんわりした声で、一人一人に声をかけてました。そして、意見を出していないわたしに、こう言ったんです。

「大切な人を傷つけたことを認めるのは、苦しいよなあ。ええんよ、言葉にできなくても、考え抜くことが大事なんだから」

他の人たちは感心した様子で頷（うなず）いていましたが、わたしは絶句しました。「お前はわたしを傷つけたんだぞ」と、言われたも同然です。恵比寿で、何か彼女を怒らせることがあったんだ。そう思いましたが、わたしには、和やかに話をして笑顔で別れた記憶しかないんです。

ミーティングのあと、すぐに彼女にメッセージを送りました。

「何か、失礼なことがあったでしょうか。もしそうなら、おっしゃってください」

そうしたら、こんな返信が来たんです。

「えっ、何、何？　どうしたの？　今日のミーティングのことかなあ？　あなたのグループは全員積極的に参加できていて、問題なし。素晴らしかったですよ〜」

頭が混乱しました。だけど、問題なしだと言うので、そのまま忘れることにしたんです。直後、彼女のブログがアップされました。オンライン・サロンの会員、八千人が読む、後に本になる可能性もある記事です。中身は、わたしを悪人に仕立てた美談でした。明らかにわたしのことを書いているのに、内容は事実とまるで違う。浅はかで意地の悪いわたしを、思慮深い彼女が教え諭し、良い人間に変えた、と書いているんです。怒りに震えましたけど、名前がはっきり書いてあるわけじゃないから、文句もつけられない。

悔しいのは、彼女はその後も平然と接してきたこと。そしてわたしは嫌われまいと、何もなかった振りをしてやり過ごしたことです。

今日お話しできるのは、ここまでです。正体、暴いてくださいよ。

6

中井ルミンのエッセイ『マウント』

先日のオンライン・ミーティングのテーマが「マウント」だった。

いつもは、会員さんたちとの会話からテーマを決めることが多いが、今回は、わたし自身の体験から、これを選んだ。

先日、仕事のために、ある専門知識が必要となった。たまたま知り合いに、その専門分野で働く人がいたので、教授を願うことにした。

彼女は、わたしの依頼を快く引き受けてくれ、都内のあるカフェで会うことになった。

わたしはまず、彼女にその仕事の概要を訊(たず)ねた。さして難しい質問ではない。

しかし、そのとたんに、彼女の表情が曇った。あれ？　と思ったが、理由がわからなかったので、もう一度同じ質問をした。

　すると、こんな、思いもよらない返事がきた。

「概要と言われても、困ります。ご存じのように、この仕事は多岐にわたるので、案件によってまったく違う内容になるんです。もう少し、具体的に訊いてもらわないと」

　ご存じのように？

　わたしがたじろいだのは、その言葉だった。これが、文字通りわたしの胸にグサッと刺さった。

「ご存じじゃないから、訊いてるんですけど！」

　と、言い返したい衝動に駆られたが、ぐっと堪(こら)えた。少なくとも今は、わたしは彼女から、教えを請う側なのだ。

「では、たとえば、直近でいいので、どんな案件があり、どのように仕事を進めたか、教えてもらえますか？」

　そう、質問を変えてみた。

　まずは、ふんっ、と鼻で笑われた。同時に、彼女の顔に、苦笑いの表情が浮かんだ。

　ああ、これがマウントかあ。

わたしは、そう思った。はじめての体験だった。

実は彼女は、わたしが主宰するあるグループの、メンバーの一人だ。

つまり、そのグループ活動の場では、わたしが上の立場にある。いつもは彼女のほうが、わたしから教えを請う立場にあった。

それまでわたしは、まったく気にしていなかったが、年齢の近い彼女は、わたしに対して「下」の立場でいることに、不満があったのかもしれない。それが今日、逆の立場になって、噴出したのかも。

そう思い、あとは彼女の好きなように喋(しゃべ)らせることにした。グループでの立場を振りかざしたのでは、彼女と同類になってしまう。

いかに自分が有能で、会社の中で地位が高く、素晴らしい功績を残してきたか。彼女は滔々(とうとう)と話した。その中には、わたしが訊きたかった内容は、微塵(みじん)も入っていなかった。

数時間話したあと、彼女は満足気に帰っていった。

二人分のお茶とケーキの代金を支払い、無駄にした時間を思い、わたしは途方に暮れた。

翌日、彼女からメールが届いた。

よほど気持ちよかったのか、ダメ押しのような、自慢話の羅列だった。

わたしはどう返していいやらわからず、これはもう、自分らしくないのだが、何も返さないことにした。

無言もまた、ひとつの言葉だ。

しかし、伝わらなかったのか、再び似たようなメールが届いた。その中には、返事を寄越さないわたしに対する、非難めいた言葉も含まれていた。

わたしは、これも無視した。

数日後、彼女が所属するグループで、とある会合があった。そこで、わたしは意を決し、マウントに関する話をした。

ちょっと長いが、大事なことなので、ざっと引用しておく。

＊＊＊

『マウント』の語は、猿が社会的順位をはっきりさせるためにとる、交尾のような行動『マウンティング』からきている。

人間社会で「マウントをとる」とは、自分のほうが優れていると相手に示す行動のこと。

実際に優れているかどうかは、関係ない。むしろ、実際には劣っているからこそ、マウントをとってくる人が多く、それに辟易した人たちの中から、ネガティブ・ワードとして生まれ、流行ったのだろう。

新しい言葉は、その時代を映し出している。既存の言葉では間に合わない現象が世を席巻したとき、生み出されるものだからだ。

『マウント』の語が生まれる前、日本には長らく、総中流社会と呼ばれる状態があった。周りは皆、同じくらいの広さの家で、同じくらいの家具や電化製品に囲まれて育ち、似たような教育を受けて、同じように安定した企業に就職する。そんな中で、なんとなく、「自分もみんなも中程にいる」と思えていたのだ。

それが崩れ去り、格差社会に変わっていく過程で、わたしたちはおそらく、じわじわと、社会的地位の「差異」を感じるようになった。人が複数いれば、とたんに、目に見えない順位がつけられるようになった。

こうした社会の中で、自分は下位だと思っている人ほど、少しでも「上」であると示す必要性が生じ、あっちでもこっちでもマウンティングが始まったのだと、わたしは思う。

そう、実際にそこには、順位などない。あるのは「ランクづけされているような感覚」だけなのだ。しかしそれに、自信のない人ほど振り回される。自分を低く見積もると同時に、自分のいるべき場所はそこではないという気持ちが強いからだ。

いずれにしても、本当の自分が見えていない。

人には、たくさんの立場がある。

たとえばわたしなら、エッセイストの立場、オンライン・サロンの主宰者の立場、親にとっての娘の立場、好きなミュージシャンにとってはファンの立場、などなどだ。

それぞれの立場で、さまざまな上下関係がある。時間や場所によって、上下が入れ替わることだってある。それほど、人の関係は繊細で複雑だ。そして、それを受け入れないと、人間関係はうまくいかない。

マウントをとる人は、この繊細さや複雑さを無視して、とにかく上に、と目指してしまう。そうして、傷つけなくていい相手を傷つけ、大切な人から信頼を失い、自分を破滅に導いてしまう。

自分を過大評価も過小評価もせず、ただ、見つめられないものだろうか。

わたしたちは猿ではない。マウンティングなどしなくても、互いを知ろうと努めることができ、尊重し合える人間だ。

＊＊＊

だいたい、このような内容だったと思う。

夜、彼女から再びメールが届いた。自分のしたことに気づき、心から詫びる内容だった。

その文章の中で、気がついたことがあった。彼女がグループの中で、正しく評価されていないのではないかと、落ち込んでいたことだ。

似たような経験は、わたしも何度もしたことがある。頑張っても頑張っても、それが評価されない悔しさは、よくわかる。

そうだったのか、と思った。彼女はその悔しい思いを、わたしへのマウントで晴らそうとしていたのか。

わたしは、そうした悔しさをどうすればいいか、自分の経験から得た知恵を、長い長いメールにしたためて、彼女に送った。

数分後、感動でむせび泣いたと、返信がきた。

ついさっきまで、鬱々（うつうつ）としていた心の中に、さあっと清らかな風が吹き、あとには爽やかな空気と暖かな陽だまりが残った。

7　優美の話　その1

久し振りやなあ、電話なんて。いつだったか、メールしたけどエラーになったんよ。メアド変えた？　えっ、五年以上前？　そうなん？　そんなに連絡してなかったん。

で、元気？　わたしはコロナ以降、全然県外に出てないんよ。東京へもずいぶん行ってないなあ。うん、元気。息子は高校生になって、バスケばっかりやってる。

え、森葵？　あの葵ちゃんのこと？　小・中学校で一緒だった、森葵？　もちろん覚えてるよ。うん、知ってる。なんか、有名人になったんやろう。エッセイストだっけ？　よくわかんないけど、最近知ったわ。びっくりだよなあ。

実は去年、雑誌で一度見たことがあったんよ。載ってた写真が葵ちゃんによく似てて。でも小さかったし名前も違ったから、よく似てる人だな、くらいに思ってたんよ。

中井ルミン、だって。ペンネームっていうの？　なんだかアイドルみたい。いかにも葵ちゃんぽいよね。

でな、そのときはまだ、葵ちゃんだとは思ってなかったんだけど、なぜだか気になったから、「中井ルミン」でネット検索してみたんよ。そしたら彼女のブログが出てきて、読んでみたらすごくいい。なんかこう励まされるっていうか、自分を肯定してもらえるみたいな、そんな感じ。すっかりファンになっちゃって、新しい記事がアップされるたびに、読んでたんよね。

そしたらあるとき、「明日テレビに出ます」って書き込みがあったから、見たよ、昼過ぎの情報番組。

わたし、画面に『中井ルミン』て名前が表示されるより前に「葵ちゃん!」て叫んじゃった。だって、小学生の頃と同じ顔なんだもん。雰囲気は変わってたけど、顔が同じ。いや、顔っていうより目つきかな。ギョロッとして、ちょっと前のめりな感じでこっちをじっと見つめる、そうそう、カメレオンみたいな。

昔、あの目で見つめられると、動けなくなっちゃったんよね、なんだか、胸の中を覗かれてるみたいな気がして。

それから、声。覚えてる?　わたしもすっかり忘れてたけど、テレビから聞こえてきたとたんに、思わずまた叫んじゃったわ。裏声みたいに高くて鼻にかかった、あの甘ったるい声だったんやもん。

「優美ちゃん、わたし、優美ちゃんのためを思って言ってるんよ。意地悪で言ってるんじゃないんよ」

って、あの声で何十回言われたかわかんない。左右の眉をぎゅうっと寄せて上げて、富士山みたいにして、泣きそうな顔して言うんよね。それで、言ったあと黙り込むの。わたしが「ごめんね」って言うまで、ずっと待ってるの。

本っ当にいやだった、あれ。今なら無視するけど、あの頃はそんな術を知らなかったし、謝るしかなかった。何も悪いことなんかしてなかったのに。でも、みんなそうだったやろう？　ことあるごとに、みんなあの子に謝ってたよなあ。

その晩、まだ読んでなかった過去のブログ記事を、ほとんど寝ないで読みふけったわ。そしたらさ、すごいものを見つけちゃったんよ。

中学のとき、沙世（さよ）ちゃんの事件があったやろう？　そう、自殺未遂の。それが書いてあったんよ。名前は伏せてあったけど、読み始めてすぐ、沙世ちゃんのことだってわかった。ところがさ、なんか変なんよ。途中でわたし、気分が悪くなっちゃった。だって、知ってることと、全然違う話になってるんやもん。自分の記憶が信じられなくなってきて、頭がおかしくなりそうだった。

それからずうっと、そのことが頭を離れなくて。香里に電話したんよ。だけど、彼女は一年のときクラスが違ったから、よくわからないって。それで、ずっと一人で悶々としてた。夫にさえ、話してない。こんな話、家族に聞かせたくないもんなあ。

ねえ、ちょっと読むから、聞いてくれる？　あんまり衝撃的だったから、パソコンに保存してあるんだ。

出だしは、こう。

《中学生のとき、酪農家の娘だったA子ちゃんが、何人かの男子生徒たちから「牛の糞臭い」といじめられ、学校に来なくなってしまった。いじめた生徒たちは彼女に謝罪し、一週間校庭掃除の罰も受けたが、A子ちゃんは学校に戻らなかった。担任の先生や親しいクラスメイトが訪ねて説得しても、だめだった。

みんな不思議がった。悪い子たちは罰せられ、クラス中が早く戻っておいでと待っているのに、なぜA子ちゃんは登校できないのだろう。》

どう思う？　違和感ない？　まだわかんないか。続き、かいつまんで読むね。

《わたしは登下校でA子ちゃんの家の前を通るたびに、その理由を考えた。考えに考え抜いて、ある日、あっと気がついた。

どんなに謝罪されても、一度みんなの前で「臭い」と言われた事実は決して消えない。いじめた子供たちが「悪人」と確定されても、A子ちゃんにくっついたレッテルは「善人」ではなく、「いじめられた子」のままだ。そのことに、A子ちゃんは絶望しているのではなかろうか。》

どう？　なるほどなって思う？　あ、そう。じゃあ、これはどう？　最後のところ。

《その日の学級会で、わたしは、みんなでA子ちゃんに手紙を書こうと提案した。「A子ちゃんのいいところを書いて送ろう」と。

A子ちゃんをいじめた子も含めて、クラス全員が、A子ちゃんの素晴らしい点を挙げて、わたしがそれを黒板に書いていった。

優しい、明るい、親切、消しゴムを貸してくれた、字がきれい……。

いろんな「いいところ」が出てきた。重複もあったが、そんなことは問題ではなかった。クラス全員が、彼女の美点をよどみなく挙げられたことこそが、大事だった。

わたしはそれらをまとめて手紙にしたためた。「こんな素晴らしいA子ちゃんに、みんな早く会いたいと思っています」と結んだ。

手紙を渡した翌日、A子ちゃんは学校に来た。少し照れくさそうな顔をして、しかし嬉しそうに。

善意が通じたとき、人の心は開かれる。わたしはそう信じている。》

わかった？　そう。手紙を渡した次の日、沙世ちゃんは学校に来てなんかいない。だって、自殺未遂を起こしたんだもん。な、変やろう？

もうひとつ、覚えてないかなあ。社会科見学で沙世ちゃんの家に行ったとき、最初に「臭い」って言いだしたの、葵ちゃんだったやろう。それに乗っかって、何人かの男子たちが「牛糞」とか「クサヨ」とか言って騒いだもんだから、沙世ちゃんのお父さんやお兄さんがいる前で先生に叱られて、葵ちゃん、顔を茹でダコみたいに真っ赤にしてた。

よっぽど悔しかったのか、葵ちゃんが罰の校庭掃除をしながら「でも、臭かったのは本当のことよなあ」って言ってたの、よう覚えてる。一緒に罰を受けた男子たちが「そうだそうだ」って加勢して、「お前んちが臭いのが悪い」って沙世ちゃんを責めだして、本当にかわいそうやった。助けてあげられなかったこと、今も悔やんでる。

それから沙世ちゃんが学校に来なくなって、葵ちゃんが「沙世ちゃんに手紙を書こう」って言いだしたんよね。担任がいいアイデアだって喜んじゃって、いじめに関係ないわたしらまで「沙世ちゃんのいいところ」を言わされてさ。

わたし、覚えてるんよ、葵ちゃんが挙げた、沙世ちゃんのいいところ。

「ああいう家で暮らしてるのに、いつも明るく優しい沙世ちゃんは、とても立派だと思います」

だって。ほんとよ。

やばくない？　やばいでしょ。

8　香里の話

優美から森葵のことで電話？　ああ、きたきた。よくまあいろいろと覚えてるよね、あんな昔のこと。ご丁寧に、中井ルミンて人の動画のリンクまで送ってきたよ。一応見てみたけど、なんか、講演会の宣伝みたいな動画だった。確かに森葵だったわ。でも、だから何、って感じ。興味なーい。

彼女のブログ？　読んでないよ、そんなもの。まさか読んだの？　暇だねえ。まんまと優美に乗せられてるんじゃないの？

たぶん優美はさあ、沙世ちゃんの自殺未遂に対して、心の底でずっと罪悪感を抱えていたんだよ。中一のとき、同じクラスだったからさ。そういうの、なんとなくわかるでしょ？んで、テレビに出て華やかに活躍している森葵を見て、突然それが噴出したんだよ。で、森葵を責める気持ちが湧いてきたってわけ。罪悪感て、他人に押しつけたくなるものじゃない？　でしょ？

意地悪な見方だって？　そうかなあ。優美の言うことを信じるなら、確かに森葵って不気味だけど、わたしから見りゃ、優美の熱心さもじゅうぶんに怖いよ。子供の手が離れて、よっぽど暇なんじゃない？

森葵のことは、あなたと優美と違って、わたしは小学校が別だったから、そんなに知らない。中学三年のとき同じクラスだったけど、別に悪い印象はないよ。というか、正直言ってよく覚えてない。頭がよくて真面目な子、くらいかな。真面目過ぎて、不良っぽい子たちからは煙たがられてたかも。正論ばっかり言うタイプだったから。

沙世ちゃんの事件は、もちろん覚えてるよ。先生たちは隠してたけど、生徒はみんな知ってたもん。クラスが違ったって、その話で毎日もちきりだったよ。わたしが聞いたのは、たまたま運がよくて助かったっていうのと、クラスの男子たちが沙世ちゃんのことをいじめてたってことだけ。森葵の話なんて聞いてないし、手紙のことも全然知らない。正直言って、どっちも信じられないよ。

だって、わたしが知ってる森葵って、本当にくそ真面目で、逆に、いじめを見つけたら率先して止めに入るようなタイプだったもん。少なくとも、三年生のときはそうだった。だから、優美の言ってた手紙の内容も、信じられない。先生だってチェックしたはずでしょ？　優美が勝手に、自分が思いたいように解釈しただけなんじゃないの？　あるでしょ、そういうことって。

確かに小学生の頃、優美は森葵に嫌な思いをさせられたことがあったみたいだけど、いじめってほどのことじゃなさそうだし、聞いた限り、子供っぽいマウントのとり合いでしょ。それだけのことで彼女を悪人に仕立てて、あんな馬鹿らしい妄想を振り撒くのって、どうかと思うよ。

ブログの嘘？　ああ、それね。わたしは読んでないし、読んだとしても、実際何があったか知ってるわけじゃないから、何とも言えないね。でも考えてみなよ、ブログって世界中の人が読めるわけでしょ？　中学時代の同級生だって読む可能性があるのは、森葵だってわかってるわけじゃない？　嘘なんて書くかな？　わたしだったら書かないけど。

ところで、なんでそんな話、わざわざしに来たの？　あなたも優美と同じ意見てこと？もしそうなら、わたしなんかじゃなくて、中一のとき彼女たちと同じクラスだった子に訊きなよ。ていうか、沙世ちゃん本人に訊けばいいじゃない。そうだよ、それが早い。

連絡先がわからない？　わたしだって知らないよ、口をきいたこともないもん。へえ、結婚して外国に行っちゃったんだ。どこの国だろ。いいなあ。わたしもどこか知らない土地で暮らしてみたいわ。田舎から東京に出てきたとき、いきなり世界が広がった感じがしたっけなあ。新しく触れるもの全てがキラキラして見えて、それがテレビやパソコンの画面を通してじゃなくて、伸ばせば手に届くところにあるっていうのが、ものすごく特別な気がして。何でもできるって思ったっけ。

だけど、キラキラして見えたのは、ただ珍しかったからなんだよね。慣れるごとに世界はくすんできて、いつか田舎と同じになっちゃった。いや、同じってことはないか。同じなら帰ってもいいはずだけど、それだけは絶対に嫌だったもんね。

帰りたいって思ったことある？　ないでしょ。不思議とさ、男の子たちは結構帰ったよね。東京で就職したのに、辞めて帰ってった子も何人か知ってる。理由を訊いたら「友だちがいるから」だって。東京で友だちができなかったのかね。ていうか、理由それだけ？驚いちゃう。

そういえば、うちの夫も一度、田舎に帰りたいって言いだしたことあったわ。いいとこだけど、暮らすのは勘弁してくれって、わたしも子供も猛反対してさ。だから今もこうして東京にいるけど、あれって男特有なのかしらね。

どうして帰りたくなかったか？　そりゃわかるでしょ。夫の親戚だらけの土地で、女がどんな扱いを受けるか、だいたいわかるじゃない。無理だってば。

ああっ、急に思い出した。わたし、東京で森葵に会ったことがあったわ、一回だけ。うん、偶然。ライブハウスだった、下北沢の。こんなところで中学時代の同級生に会うなんて、ってすごくびっくりしたんだった。ほんの数分のことで、それきりだったから、すっかり頭から抜けてたわ。

結婚前だったから、十年くらい前だと思う。友だちのバンドが出てた、何かのイベントだった。ステージ転換の休憩中、飲み物を買おうと思って人波を搔き分けてたら、目の前にあの子が立ってたの。お互い口を開けて、指を差し合ったよ。でも中学卒業以来だし、話題もないから気まずくて、会釈だけしてすぐ離れようとしたのね。そしたら引き止められて、仕方なく立ち話したの。

それがさ、わたしたちの共通の話題は中三のできごとだけなのに、その話は一切しなくて。彼女、何とかっていう画家について熱弁しだしたんだよね。当時その人の大掛かりな展覧会が都内で開かれてて、わたしもテレビで観てたから、適当に話を合わせてたんだけど、アートとはなんぞや、みたいなつまんない話がなかなか終わらないもんだから「そっち系のお仕事してるの？」って話題を変えて、「わたしは今、こんなことしてるんだ」って、名刺を渡したの。んで、仕事の話を始めたら、彼女、急にむっつり黙っちゃったんだよね。やべ、気を悪くしたかな、と焦ったところに、ちょうど次のバンドが始まったから、ほっとしてバイバイしたんだ。

彼女は名刺も連絡先もくれなかったから、それっきり。うん、仕事も、どこに住んでたのかも、結婚してたのかどうかも、何も聞いてないから、わかんないまんま。

ま、確かにちょっと変わった子ではあったね。でも、悪人ではないよ。いわゆる「天然」てやつじゃない？　いるでしょ、ああいうタイプ。苦手な人、多いよね。わたしも決して好きじゃないけど、でも、気にしない。どうでもいいって感じ。でもあなたは違うんだね。優美と一緒で、なんか引っかかってんだ。

えっうそ、森葵のことを調べる気なの？　まじで？　暇だねえ。まあ、やりたきゃやればいいけど、でも、あの子の何が引っかかるの？　他にも被害者がいる？　沙世ちゃんみたいに、自殺未遂ってこと？　違う？　じゃあなに、殺人未遂とか？　まさかね。

なんだか、優美もあなたも、森葵のことを犯罪者みたいに言ってるけど、本気でそう思ってるの？　わからないから調べる？　ふうん。ま、頑張って。

9　沙世の兄の話

お待たせしました。さっきまで電話で沙世と話してたんですがね、やはり、おたくとはお話ししたくないってことでした。すみませんね。まあ、妹にとっては、中学時代は思い出したくないことですから。あの事件のことは、ご存じでしょう？

今ですか？　ええ、妹は家族みんなで、幸せにやってますよ。そりゃまあ、何も問題なしというわけにはいかないでしょうけれどね、どこの家庭とも同じで。

住んでる場所？　アメリカですよ。ポートランドってとこ。沙世は社会人になってからすぐに金を貯め始めて、一年で会社を辞めて、短期留学したんです。そのときに知り合ったアメリカ人と、結婚しました。

あいつはずっと、遠くに行きたいって言ってましたから、驚かなかったですね。いつだったか「遠くってどこだ」って訊いたら「わたしのことを誰も知らないとこ」って言ってたな。この町もこの家も嫌な思い出も、全部きれいに捨て去りたかったんでしょう。

胸を膨らませて出ていく妹を見て、ちょっと羨ましかったな。俺は、生まれたときから家業を継ぐよう言い聞かされて育ちましたからね。国際結婚には、両親も反対しませんでした。もしかしたら、沙世より親のほうが、気に病んでたのかもしれないです、ずうっとね。

で、訊きたいことというのは？　やっぱり、あの事件のことですか？　いいですよ、俺にわかることなら、お答えします。

社会科見学の日のことは、よく覚えてますよ。何人かの子供らが「臭い」って言いだしてね。確かに臭いんだからしょうがないやって、俺は笑ってたけど、先生がえらい剣幕で怒ってねえ。

最初に言いだした生徒ですか？　そこまではちょっと。男の子か女の子かも、覚えてません。ただ、騒いだのはほんの一部の子らで、他はみんな熱心に親父の話を聞いてましたから、先生があんなふうに怒らなければ、何ごともなかったんじゃないかって、考えることもあります。

森葵さん？　うちに手紙を持ってきてくれた子ですね、覚えてますよ。ありがたいなあって思ったもの。

え、それって、事件の前日だったんですか。いやあ、そうだったかなあ、覚えてないです。実は、事件の前後の記憶が曖昧で。四年前に親父が事故で亡くなったんですが、その前後の記憶も朧なんだよなあ。人ってショックが大きいと忘れるって言いますけど、本当なんですね。

ああ、それに、森さんがうちを訪ねてくれたのは、一度だけじゃなかったですからね。事件のあとも、千羽鶴や手紙を持って通ってくれましたから、いつ来たかなんて、いちち覚えてないです。本当に熱心でねえ。だけど、沙世は自分の部屋に引きこもってて、母がいつも玄関先で応対してました。俺も何度か挨拶を交わしましたよ。いかにも優等生って感じで、はきはきして、賢そうな子でした。沙世が学校に戻れたのは、あの人のおかげだと思ってましたけど、違うんですか？

実はその辺、妹からちゃんと聞いたことはないんです。我が家では、あの事件のことには一切触れないというのが、暗黙の了解でしたからね。今もそうです。だから、先日おたくから電話がきて、沙世と連絡をとりたいって言われたときも、中学の同級生と聞いて、断ろうとしたんです。でも、実のところ俺も長い間気になってたし、これをきっかけに何かがわかればと、お引き受けして沙世に伝えました。案の定断られましたけど、沙世が感情的になったりしなかったので、ほっとしましたよ。心配し過ぎてたのかな。もしかしたらあの頃も、俺たちがあいつを腫れ物扱いしてたのが、かえってよくなかったのかもしれないですね。

え、森さんからの手紙ですか？　さあ、どうしただろう。メールで妹に訊いてみましょうか。大丈夫、おたくが今日来ることは、さっき話しましたから。俺にだけでも話を訊きたいそうだ、って伝えたら、あとで内容を教えろって。気になってるんですよ。むしろ、メールを待ってるかも。送ってみますね。この時間ならギリギリ、あっちはまだ寝る前ですから。……よし、送りました。

返事を待ってる間に、俺のほうからも訊いていいですか？　おたくはどうやら、森さんのことを気にしてらっしゃいますよね？　それに、さっきの話し振りだと、彼女は妹の親友ではなかったみたいですが、どうなんです？　事件の前日にあの子が持ってきた手紙が、沙世の自殺未遂に影響したんですか？

わからない？　じゃあいったい、何を調べているんです？　まだこれから？　ふうん。

俺は、森さんはいい子だと思ってますよ。少なくとも、本気で沙世のことを心配してくれてたと思います。そうでなきゃ、あんなに足繁(あししげ)くうちに来てくれないでしょう。他には、誰も来てくれなかったんですよ。父も母も、いい子だねえって言ってました。変な話、あんまりちょくちょく来るから情が湧いたのか、あんな子が俺の嫁さんになってくれたらいい、なんて言いだすくらいで。そんなことを言われたら、俺も意識しちゃってね。笑っちゃうけど、当時十八、九で、年頃でしたから。妹の親友と恋仲になるなんて、マンガみたいじゃないですか。一瞬、ぽーっとなりましたよ。

ちょうどバレンタインデーがあって、チョコレートをくれたりもしました。まあ、親父ももらってましたけど、でも、俺のほうが大きかったんだ。それは本当です。カードが入ってて、わたしもあなたみたいなお兄ちゃんが欲しかった、みたいなことが書いてありました。そりゃ、舞い上がっちゃうでしょ。

それからしばらくして、沙世が学校に戻ったので、彼女も家に来なくなりました。ええ、ちょっと寂しかったですね。沙世が友だちと遊びに行くと言って出かけると、彼女と一緒なんじゃないかと思って、それだけでドキドキしたりしてね。俺の話が出るかな、なんて想像して。馬鹿ですね。若かったな。

妹が学校に戻ったきっかけですか？　さあ。俺はてっきり森さんの熱意の成果だと思ってましたけど、おたくはそうは思ってないんですよね？　それも今、メールで訊いてみましょうか。構いません、俺も知りたいですから。答えたくなければ、はっきりそう返事を寄越しますよ。

……さ、送った。だいぶ話しちゃったな。ところで、おたくはどうも、森さんが沙世の自殺未遂の原因だって思ってるようですけど、なぜ？

あ、返信がきました。早いな。

えーと、もらった手紙は全部捨てたそうです。中身は読んでないって。森さんはこの世で一番嫌いな人だ、って書いてます……。驚いたな。

じゃあ何で、あの子はあんなに熱心に、うちに通ってきたんだろう。俺が目当てだったたって？　いやいや、それはないです。あの子は、富野（とみの）が好きだったんですから。知りませんでしたか？　俺の同級生の、富野ってやつ。そう、富野建設の息子。森さん、あいつにずっと片思いしてたらしくて、大学生の頃から、猛アタックしてたんです。それが実って、卒業してすぐに結婚したんですよ。富野には婚約者がいたはずだから、今で言う略奪婚てやつですね。でも、離婚も早かった。三年くらいかな。

富野は何も話しませんから、理由はわからないですけど、たぶん、子供ができなかったからでしょう。うちもそうだけど、家業やってる家は、跡取りを産まないとね。

だけど、森さんの今の活躍を考えれば、離婚してよかったんじゃないですか。こんな田舎に埋もれていたら、もったいない人でしょう。

10 富野道隆(みちたか)の話

森葵？　ええ、わたしの元妻ですが、あなたは？　葵の同級生？

彼女とは、ずいぶん前に離婚したんですよ。ですから、何も知りません。本人に当たってください。今は東京で、本を書いているみたいですから、調べればすぐにわかるんじゃないですか？　名前は変えてるみたいですけど、何て言ったかな……中井ルミン？　ああ、そんな名前でしたかね。あなたのほうが、よくご存じじゃないですか。彼女とは、別れてから音信不通です。わたしは再婚して、家族もいますからね。

葵がどんな人間だったか教えろ？　同級生なら、知ってるでしょう？　周りの人の意見を訊きたい？　どういうことですか。彼女がちょっと有名人になったからって、よからぬことを考えてらっしゃるんじゃないでしょうね。スキャンダルなんて、ありませんよ。彼女は、そういうこととは無縁のタイプです。

じゃあどんなタイプかって？　そりゃあ、一言で言えば真面目ですよ。真面目過ぎるくらい、真面目な人。責任感も強いし、努力家だし、他人に優しく自分に厳しい。頭もいい。非の打ちどころがなかったですよ。あえて言えば、面白みがないくらいかな。でも、わたしは妻に、そんなものは求めていませんでしたから。

離婚の理由ですか？　そんなこと、赤の他人に言えません。子供ができなかったからですって？　どこでそんな噂を聞いてきたんです。違いますよ。そりゃあ、両親が跡継ぎを望んだのは事実ですが、彼女にプレッシャーをかけたりはしていませんし、そのことで揉めたこともありません。原因はすべて、わたしにあるんです。

わかりました、お話ししますよ。

結婚後、葵は自分なりにうちの会社を守り立てようとして、いろいろと考えてくれました。時代に合わせた改善案や、未来を見据えた挑戦的なアイデアなどを出してくれていたんです。でも、社員でもない彼女が、わたしを差し置いて、会社の経営に口を出すわけにはいきません。当時はわたしでさえ、父に意見など言えなかったんです。まだ、修業中の身でしたからね。

ですから、彼女のそうした意見は、夫婦の話までで止められて、まったく生かされませんでした。わたしが、何の協力もしなかったんです。

言い訳をするようですが、二代続いた建設会社なんて、しがらみでガチガチです。合理性を図るよりも大事な、作法みたいなものがあるんです。彼女の斬新な考え方は、正直、うちの社風には合いませんでした。何よりわたしは、彼女には会社に関わって欲しくなかった。

諦めた彼女は、趣味に没頭するようになりました。それが、ものを書くことでした。はじめは、お友だちと同人誌のようなものを作っていたようですが、向上心の強い人ですから、物足りなくなったんでしょう、東京の文芸教室に通い始めたんです。月に二回、新幹線でね。インターネットに、文章を公開するようにもなりました。よほど面白かったんでしょうね、生き生きしてましたよ。

そのうち、東京のお友だちと、都内で芝居や映画を観る機会が増えて、そのたびにホテルで一泊、二泊するようになりました。あるとき「毎月かかる宿代や交通費の分で、都内に安いアパートを借りられる」と言いだしたんです。計算すると家賃のほうが高いんですが、彼女の移動にかかる時間や、体への負担も考慮すると、それも悪くないかと、許しました。会社の経営に関わらせてやれなかったことへの、うしろめたさもあったと思います。

度量の大きいところを見せたい気持ちもありました。

その頃、彼女はわたしに物足りなさを感じていたんです。態度でわかりました。上を目指そうとしないわたしが、はがゆかったんでしょうね。

これが、離婚の理由です。別れを切り出したのは、わたしです。彼女は優しいから、あのまま耐えていくつもりだったでしょう。でも、わたしのほうが耐えられなくなりました。妻からがっかりされ続けていく日々に、我慢できなかった。

離婚後すぐ、彼女は上京したようです。慰謝料はたっぷり払いましたから、困らなかったはずです。

彼女がプロの物書きになったのは、母が誰かに聞いてきて、教えてくれたので知りました。本は読んでません。ブログ？　それも読んだことはありません。読みたいとも思いません。もう、他人ですから。

わたしに彼女のような野心があって、夫婦で協力できていたら、今頃会社を、もっと成長させていたかもしれませんね。考えても仕方のないことですけど。

二人の出会い？　何でそんなことを知りたいんです。ああ、何をお訊きになりたいのかわかりました。どうやら、馬鹿な噂話はひとつだけじゃないようですね。わたしが葵と結婚する前に、別の女性と婚約していたことを聞いたんでしょう。略奪婚だとか何だとか、そんな噂を。

確かに、わたしには婚約者がいました。親が決めたようなものでしたけど、本人たちも合意していました。市内の酒造会社の娘で、同い年、育った環境も似ていましたから、気が合ったんです。でも、見合いの翌月、葵に出会ってしまいました。大学生だった彼女が、ここでアルバイトを始めたんです。

わたしは毎日、昼休みにこの店でコーヒーを飲むのが日課なので、すぐに気安くなりました。同じ町内の子ですから、顔は知っていましたが、大人になった彼女と口をきいたのは、それがはじめてでした。とても綺麗で、魅力的な人だと思いました。彼女のほうも、わたしを意識しているのがわかりました。まああとは、男と女ですから。

言っておきますが、葵は、わたしが婚約していることを知りませんでした。どうしてだか、わたしは黙っていたんです。あのときの心理を、どう説明すればいいのか……。とにかく、略奪なんてとんでもない。非があるのは、わたしのほうです。

婚約者がいることを打ち明けたあと、わたしたちは苦しみました。葵は、相手の人に申し訳ないと泣き崩れて、アルバイトも辞めてしまいました。わたしは、ただただ詫びました。

すると彼女が、謝る相手は婚約者だろうと言うんです。はっとしました。わたしは、辛いけれど葵とは別れて、決まった結婚をするのだろうと思っていたんです。

「相手の方に、謝りに行かなきゃいけんよなあ。一緒に行こう。わたしも誠心誠意謝ります」

そう言われて、彼女がわたしを信じきっていることを知りました。わたしが婚約を破談にするものと、信じていたんです。そんな純粋さに、胸を打たれない男がいますか？

勘当を覚悟で、婚約をご破算にしてもらいました。そのあとで、葵にプロポーズしたんです。彼女を悪者にしないよう、両親にはすべてを正直に話しました。ですから、家は円満だったんです。悪評は、部外者が面白がって流したでたらめです。

今にして思えば、葵は、そうした世間の批判的な目をはね除けたかったのかもしれません。だから、あれほどがむしゃらだったんでしょう。

離婚したことは、後悔していません。ただ、彼女に申し訳ない気持ちはあります。わたしに関わってしまったために、貴重な人生のうちの何年かを、棒に振ったわけでしょう。あんなに才能のある人だったのに。何千人、何万人という人たちに、勇気を与えられる人だったのに。

短い間でしたけど、彼女と夫婦でいられたことは、誇りです。

今の結婚生活ですか？　幸せですよ。妻は、不満があるでしょうけどね。結局、わたしは誰にとっても、物足りない男なんですよ。長い結婚生活で、それがわかりました。

あの、本当にいったい、何の目的でこんな質問をなさるんですか？　もう、行きます。昼休みが終わるので、会社に戻らないと。

11　沙世の話

本当は関わりたくなかったんですけど、ちょっと黙っていられなくなったもので、連絡しました。

申し訳ないんだけど、あなたのことは、よく覚えてないんです。卒業アルバムなんかもこっちには持ってきていないし、一年生のときのクラスメイトなんて、全然わからない。

優美？　ああ、彼女のことは覚えています。だって、森葵の子分の一人でしたからね。あのとき森葵に加勢した人たちのことは、絶対に忘れません。あなたのことは覚えてないから、きっと何もしないで見ていたんでしょうね。でしょ？　それ、子分より質(たち)が悪いですから。

で、どうして急に、実家に連絡してきたんですか？　森葵の正体を知りたくて？　何かあったんですか？　教えてくださいよ。わたしはずっと、あの人の化けの皮はいつか剝(は)がれるって、信じて生きてきたんですから、気になります。

あの人の今の活躍？　ええ、兄から聞きました。ネットでいろいろ調べちゃいましたよ。あの人にお金は使いたくないから、本は読んでいませんが、ブログは全部読みました。ええ、全部。だから連絡したんです。

この世には、息をするように嘘をつく人間がいるって、知ってます？　森葵は、それですよ。ブログに書いてあることも、嘘ばかりに決まっています。少なくとも、わたしのことを書いた記事は、まったくのでたらめです。よくもまあ、あんなことが書けたものです。セカンドレイプって言葉がありますけど、それと同じですよ。何十年も経って、もう一度貶(おとし)められた気分です。

最初に「沙世が臭い」と言いだしたのは森葵か、ですって？　優美が言ってた？　ふん。正しくは、優美がおそらく葵にけしかけられて「臭い」と言わされて、葵が「そんなこと言っちゃだめ。ほら嗅いでごらん、いい匂い」と返して、爆笑を買ったんですよ。それからわたしは「牛糞香水」だの「クサヨ」だのと呼ばれるようになったんです。

ああ、なるほど。あなたは優美からその話を聞いて、あの人の正体を知りたくなったんですね。まあでも、見方を変えれば、優美も被害者だと言えなくもありません。やられたことがない人にはわからないかもしれないけれど、森葵は、人の心を操る達人ですからね。

どういうことかって？　それじゃあ、何があったか話しましょう。

クラスメイトたちから「クサヨ」と呼ばれるようになって、わたしは学校に行けなくなりました。担任や学級委員の子が家に来てくれたけれど、わたしは顔を出さなかった。誰にも会いたくなくて。

そしたらある日、よりによって森葵が来たんです。社会科見学のとき、彼女がみんなの前で先生に叱られたことを、うちの家族は知っているから、その子が自ら来るなんて、勇気ある行動だと褒めていました。わたしは決して部屋から出なかったけれど、あの人は懲りずに何度も来て、あっという間に、うちの家族を手なずけてしまったんです。

友だちの誰も信じられなくなって、孤独だったわたしにとって、家族がどんな存在だったかわかりますか？　その家族が、わたしを苦しめている張本人の味方をするのを、どんな気分で見ていたか。「あの子は根はいい子だ」「賢くて真面目な子だよ」「反省している人は、許してあげなくちゃね」。そんなことを言われ続けて、どれだけ傷ついたか、想像できますか？　特に兄なんて、馬鹿みたいに色気づいて、母から「あんな子をお嫁さんに」なんて言われて鼻の下を伸ばしていたんですから、絶望するしかないでしょう。

手紙のことが、ブログに書いてあったでしょう？　わたしのいいところを書いたとかいう、手紙。わたしは読んでいませんけれど、放ったらかしておいたのを家族が勝手に読んで、感激していましたよ。こんなに素晴らしいお友だちがたくさんいるのに、どうしてお前は学校に行かないのか、何をいじけているのか、お友だちが悪いんじゃなくて、お前の心が捻くれているんだ、って。

死にたくなりません？

わたしが自殺しようとしたことは、知ってますよね？　でも、その理由は知らなかったでしょう？　これですよ。原因は、家族です。本人たちには言っていませんけれど。いいえ、気を遣ってるわけじゃありません。言ってもわからないからです。実際、いまだに何もわかってない。兄があなたにどんな話をしたか知りませんが、あの人のこと、悪く言ってなかったでしょう？　母も、死んだ父もそうでしたが、みんな今でも、森葵をいい子だと思っているんですよ。そして、彼女の好意を素直に受け取らなかったわたしを、心の曲がった人間だと思っているんです。自殺を図ったことも、鬱状態になったことも、その曲がった心がさせたんだと信じているんです。

どうしてだと思いますか？　そのほうが楽だからですよ。

両親や兄は、わたしがいじめられたことに、罪悪感を持っていたんです。酪農は家の仕事ですからね。だから「臭い」と言った本人がしおらしくやって来て、わたしを学校に復帰させようと奮闘する姿に、慰められ、感激したんです。そうして、罪悪感から解放されていたんです。

それなのに、振り返ればそこにまだ、部屋に籠もってウジウジしているわたしがいる。それを見ると、また罪悪感が湧いてくる。嫌だったでしょうね。この子さえ、森葵を許して機嫌よく学校に行ってくれれば、家族みんなの心が休まるのにって、思ったことでしょう。森葵の何が怖いか、わかりますか？　あの人は、わたしの家族を懐柔して自分の味方につけたら、彼らがわたしを責めるだろうということを、わかっていたんです。その結果わたしがどれだけ苦しむかも、わかってやっていたんですよ。

わずか十二、三歳の子供に、そんなことはできっこないって？　そうでしょうか。じゃあどうして、あの人はわたしの家族に取り入ったんでしょう？　反省して？　まさか。

そもそもどうしてあの人がわたしをターゲットにしたか、知っていますか？　ええそうです。わたしは狙われて、まんまと餌食になったんです。おそらく、嫉妬のために。

わたしのこと、いわゆる「いじめられっ子」だと思っていましたか？　いや、いいんです。一度でもいじめられると、レッテルが貼られますからね。でも、違います。「クサヨ」にされる前、わたしはちょっとしたヒーローだったんです。ティーン向け雑誌に投稿した掌編(しょうへん)小説が、採用されて。うっかり本名で出してしまったものだから、すぐにクラスメイトにばれてしまった。すごい、クラスから有名人が出たと、ずいぶんおだてられました。森葵は、作文が得意でした。後にプロになったくらいですから、当時も自信があったんじゃないですか。それなのに、ふだん国語の成績がいいわけでもないわたしが、ものを書いて認められ、脚光を浴びてしまった。そういうことに耐えられない人なんですよ、あの人は。それこそ、彼女と小学校から一緒だった優美が、よく知っているでしょう。聞いてみたらいい。

それで、ターゲットにされました。あの人の目的は、わたしをとことん踏み潰すこと。反省なんてしているわけがない。だって、わたしはあの人から、ただの一度も、謝罪を受けていないんですよ。あの人は、わたしに悪いことをしたなんて、微塵も思っていないんです。

あなたもあの人を調べる気なら、せいぜい気をつけるんですね。兄の話を聞いたならわかるでしょうけれど、うちの家族はまだ、あの人に心を操られたままなんですから。

12

中井ルミンのエッセイ
『謝罪と許し』

以前、中学時代に起きたいじめについて、書いたことがある。わたしのブログの中でも、反響が大きかった記事だ。

未読の方のために、内容をざっくりと書いてから、今日の話に移ろうと思う。

＊＊＊

中学生のとき、A子ちゃんが「臭い」といじめられて、学校に来なくなってしまった。

いじめた子はちゃんと謝ったし、罰も受けたのに、彼女は頑なに登校拒否を続けた。

わたしはその理由を考え、彼女が負ってしまった傷の深さを思い、彼女に、わたしたちの思いを届ける手立てはないか、考え抜いた。

謝罪が通じないなら、他に何なら通じるだろう。

出した答えは、「善意」だった。

わたしは、クラスのみんなでA子ちゃんの「いいところ」を挙げ、それを手紙にしたためて渡すことを提案し、賛同を得て実行した。

すると、手紙を渡した翌日、A子ちゃんは学校に戻ってきてくれた。善意が通じたのだ。

＊＊＊

善意が通じるのは、わかった。ではなぜ、謝罪は通じなかったのだろう。

今回は、そのことを書きたい。


いじめっ子たちが「臭い」と言った直後、聞いていた担任の先生が、烈火のごとく怒って、全員をA子ちゃんの前に立たせ、謝らせた。

みんな、先生に言われたとおり、頭を深々と下げて「ごめんなさい」と言った。頭の下げ方が足りなかった子、声がちゃんと出ていなかった子は、やり直しをさせられていた。

そして、ちゃんと謝れた子から、自分の列に戻されていった。

あれ？

そうなのだ。許していたのは先生で、A子ちゃんではない。思い返してみると、彼女は「いいよ」とは、言っていなかったように思う。


悪いことをしたら、謝る。これは、よいことをしてもらったら礼を言うのとセットで、おそらく世界中どの国でも共通の、人間関係の基本だろう。

そして、謝罪を受けたら「許す」。これもセットになっていると思う。

しかし本当は、許すかどうか決める権利は謝罪を受けている方にあり、謝れば自動的に許されるというものではない。


あの頃、A子ちゃんが頑なに学校に来ない理由がわからず、みんなで悩んだが、今なら、彼女の気持ちがわかる気がする。

いじめっ子たちをちゃんと許す機会を与えられていなかったのだ。


わたしは実は、あまり謝らない。

こう書くと、人間失格のようで、読者をがっかりさせてしまいそうだが、誤解を恐れずに、あえて書く。

小学生の頃、しょっちゅう「ごめんなさい」を言う子がいた。よそでやると「よくできたお子さん」と褒められるから嬉しいのか、「ごめんなさい」を大安売りしていた。大して悪いことをしていなくても、ごめんね、ごめんねと言っていた。それはもう、ひとつの習慣と言えた。

わたしもよく、その子から、ささいなことで謝られた。外から見たら不自然だったかもしれないが、本人たちは慣れてしまい、快も不快も感じなくなっていた。

ところがある日、親しくなった転校生から、彼女についてこう言われた。

「あの子、いつも、ずいぶんと気持ちよさそうに謝るよね」

明らかに、いい意味では言っていない。

「それ、どういう意味？」

「相手のためじゃなくて、自分のために謝ってるんだよ」

今考えても、大人びた人だったなと思う。そのとき何と返したかは、覚えていない。しかし、心に残るできごとだった。

それから数年後に、中学に上がり、Ａ子ちゃんのいじめ事件に遭遇した。

登校拒否を続けることでいじめっ子たちを許さないＡ子ちゃんを、悪し様に言う人たちも出る中、わたしが一緒になって彼女を悪く言わず、考え抜いて「善意」を届けようという結論にたどり着けたのは、小学時代のあの経験があったからかもしれない。

相手を思ってのことではなく、自分が気持ちよくなりたいため、自分が楽になりたいためだけの「謝罪」がある。

そのことを知ってから、わたしは無闇に謝らなくなった。

もちろん、本当に悪いことをしたら、心から謝る。反省もする。罰も受ける。

しかし、謝るより前に、自分の正義や、善意を駆使して、相手に伝えるべきものがあるときには、そうすることにしている。

13 岡田渡(おかだわたる)の話

あ、あなたね、入会希望の見学者。はいどうも、よろしく。見学で二次会まで出る人は珍しいね。いやいいのいいの、ウェルカム、ウェルカム。うちはざっくばらんな教室なんだから、なあみんな。ほい、じゃ乾杯。

で、どこでここ知ったの？　いや、特に宣伝もしてねえからさ、紹介者もないのは珍しいと思って。うん？　中井ルミン？　あなた、彼女の読者？　そうか、そっちね。あそこにいる黄色いシャツの女性もそうだよ。中井のファンだって言って入って、結局、残ってるのはあの人だけだけど。

え、違う？　読者じゃなくて、ただ名前を知ってるだけ。そりゃよかった。なあんて、冗談冗談。いやね、誰のファンだろうが読者だろうが、自分の作品を一生懸命書いてくれりゃあ俺はいいんだけどさ、誰々の熱烈なファンですって言うやつに限って、モノマネが多いからさ、辟易してんのよ、正直な話。あの黄色の人は違うよ。彼女は下手くそだけどちゃんと書いてる。下手くそは余計か。口が悪いのは俺のチャームポイントだから、聞き流してよ、ね。ええ？　指導も厳しかった？　今日なんか甘いほうだよ。そりゃまあ、ここはプロ養成講座じゃないから、もっと適当にやってもいいのかもしれねえけど、俺の気質上、無理だね。目的が何だろうが、文芸やろうってやつにはガチンコだよ。

で、中井ルミンがどうしたって？　ほう、そんなこと言ってたの。それを読んで興味を持った？　いいとこあるな、あいつ。おーい級長、中井が雑誌のインタビューで俺のこと褒めてたってさ。嬉しいね。

で、あなたはどういうの書いてんの？　まったくの初心者？　そういうのも珍しいな。いや構わねえよ。書き始めるのに早いも遅いもねえんだから。まずは始めること。

中井？　ああ、上手（うま）かったよ。俺好みじゃなかったけど、評価はしてたね。文章は泥臭くて、いまひとつこなれてなかった。でも内容がいいんだよ。誰の心にも引っかかるように、練りに練って叩きに叩いて書いたのがわかる文章だった。そこが、他のやつらとは違ってたね。

ああもちろん、彼女にだってビシバシやったよ。というより、特に厳しくしたね。別に依怙贔屓ってわけじゃなくて、野心を持ってるやつにはそれなりに指導したくなるのが、教える側の心理ってもんさ。ああ、あいつは持ってたよ、野心。その塊って感じだったね。あなたはどうなの？　初心者だろうがベテランだろうが関係ねえよ。持ってるの？　持ってないの？　持ってそうな顔してるな。

じゃあ、ひとつ教えとこうか。素人とプロの間に流れる、長くて深い川のこと。ちぇ、級長が、また始まったって顔してやがる。まあいいや。とにかく川が横たわってんだよ、素人とプロの間にはさ。それを渡れるやつと渡れないやつがいるの。どんなやつが渡れるかわかる？　轟々と流れる水を、ちゃんと手で掻いて足で蹴ったやつさ。当たり前？　その当たり前が、なかなかできねえんだよ。みんなかっこつけるばっかりで、流されていっちまう。クロールだ平泳ぎだって、型にばっかり気を取られてるやつも流されてく。渡り切るのは、ぶざまでもちゃんと水を捉えていくやつだよ。

才能？　そんなもん、手の大きさの違いくらいの些細なことさ。大事なのは、どうもがくかだ。それがわからなきゃ、便所紙みてえに一瞬にして流されて、誰の記憶にも残りゃしねえ。

中井ルミンは、最初から渡る気満々だったね。見学に来たときの顔つきも覚えてるよ。

ド田舎で暮らす一介の主婦だった彼女がさ、どうにも消化できない何かが溜まりに溜まって、やむにやまれず新幹線に飛び乗って東京まで来ちゃいました、ってな感じでさ、今日のあなたみたいに、一番うしろの席に座って固くなってたけど、首だけこう突き出すようにして、前のめりになって、目を爛爛とさせてね。終わったら一目散に俺んとこに来て、

「先生、わたし、どうしても本を出したいんです」

なんて言って、即刻入会。何が書きたいとかより先に本を出したいってんだから、変わったやつだと思ったけど、その野心が気に入ったね。

それから月に二度、きっちり作品書いて通ってきたよ。最初はゲロ吐くように書いてて、全然ダメだったけどさ、だんだん読めるものを書くようになって、自信がついてきたからってブログを始めて、しばらくして「おっ」と思わず身を乗り出したくなる作品を書いてくるようになったと思ったら、川、渡ったよ。

俺が「おっ」となったのが、どんな作品だったかって？　細かいとこまでいちいち覚えてねえよ。でも間違いないのは、彼女にしか書けない、すごく個人的で生々しい話から始まること。そこから思考を深めていって、普遍性を孕む結論に到達するってパターンだよ。だから人の共感を呼ぶんだ。読み手に「わたしのことだ」って思わせるのさ。講評のとき、

泣いちゃうやつもいたくらいだ。ほら、あの隅っこでお茶飲んでるピンクのセーター、あいつなんかしょっちゅうびーびー泣いてたよ。すげえよな、まだ素人のうちから、読者を泣かしてたんだからさ。

ああ、ひとつ強烈に覚えてることがあるな。誰かの作品の講評をしてて、俺が、ある表現について「リアリティがない」と貶(けな)したら、書いたやつが「先生、だってこれは実際に起こったことなんですから、その指摘は不適切です」って抜かしやがったんだ。「ばか。実際に起きたことを書けばリアリティだと思ってんのか。読み手がリアリティを感じなきゃ、どうしようもねぇんだよ」と言っても食い下がって、そのうち怒りだしちゃってさ。俺も血の気が多いから、頭にきてドッカーン、だよ。

その険悪なムードの中、中井がすっと手を上げたんだよな。

「僭越(せんえつ)ですが、わたしの考えを申し上げてもよろしいでしょうか」

教室がシーンとしたね。

「ああ、いいよ」

俺が言うと、中井は静かに立ち上がった。で、言ったんだ。

「先生がいくら怒鳴り散らしても、無駄だと思います。なぜなら、この方は今、自分は正しく先生が間違っているのだから、先生が折れるべきだということしか考えていないからです。教えを請おうとしていない人に、教えることはできません」

何人かがくすくす笑って、一人が拍手をしたら、つられて大半が手を叩いたよ。突っかかってた生徒は、翌月に教室を辞めた。

それがきっかけだったんじゃねえかな、中井がこの教室のリーダーシップを取り始めたのって。ほれ、あそこにいる級長、最古参の笹井（ささい）さんが、一応この教室を取りまとめてくれてんだけど、中井がいる頃には、彼女が実質のリーダーだったよ。それでうまく回ってたね。

中井がここを辞めた理由？　そりゃ、デビューしたからね。もう俺の指導なんか必要ねえだろう。ちゃんと編集者がついてるし、読者もいっぱいついたらしいしさ。

え？　トラブル？　そんなもんねえよ。みんな和気あいあい。仲が良過ぎて、中井と一緒に辞めてったやつもいたよ、金魚のフンみてえにさ。いるんだよ、そういうやつ。中井の栄光のおこぼれ授かろうって、ケチな魂胆さ。自分じゃ光らねえ。光る努力もしねえ。クソだね。

で、あなた、どうすんの。入るの入らないの。一晩考える？　あそう。

大きな声じゃ言えねえけど、中井がいなくなってから、この教室は趣味のレベルで書いてる人ばかりで、プロを目指す野心家がいなくなっちゃったから、つまんねえんだ。あなたにそういう気概があるなら、ぜひ入って欲しいね。

14 笹井常子(つねこ)の話

岡田先生、強烈な人だったでしょう？　大丈夫でした？　ああしてずけずけ言われるのに耐えられなくて、辞めてしまう人もいるんですよ。でも、あれが先生の持ち味だから、仕方ないですね。

級長？　ええ、先生がそう呼ぶものだから、それがわたしのニックネームになってしまって。そもそもわたしが先生のファンで、この教室を立ち上げたんです。だからお前は級長だって。

お訊きになりたいことがあったら、何なりとおっしゃってくださいね、わたしにわかることはお答えしますから。はい？　中井さんのこと？　ああ、さっきも先生に訊いてらっしゃいましたね。ファンというわけではないっておっしゃっているのが聞こえましたけど、何か彼女のことで、気になることでも？

はい？　ああ、お友だちが彼女のオンライン・サロンに入ってらっしゃるの？　それで、あなたも勧められているんですね。なるほど。

そうねえ、岡田先生はどうおっしゃってました？　ベタ褒め？　やっぱり。いえ、それはそうだと思いますよ。だって、この教室ではじめてプロになった人ですもの。先生にとっては、可愛い愛（まな）弟子だわ。

でもね……ねえ、あっちの隅の席に移りましょう。空いてるから構わないでしょう。ちょっと失礼、見学者さんが教室のことで聞きたいことがあるっていうから、静かなところに移らせてちょうだい。ここじゃ賑（にぎ）やか過ぎて。はい、前を失礼。

さて。何でしたっけ。ああ、そう、オンライン・サロン。それがどんなものなのか、わたしはよく存じ上げないのですけれど、そこであの方は、どんなことをなさっているんです？　はあ、会員を集めて、インターネットで議論を。考える力をつけるために？　はあ、ご立派なことですね。

でもまあ、正直に申し上げて、わたしはあの方を、あまり信頼していないんですよ。どうしてか？　そうですねえ、どう言ったらいいのかしら。彼女、教室では主にエッセイを書いてきていたんですけれど、作品はとても素晴らしいんですよ。本当にみごとで、読んで泣いてしまう人もいるくらいで。ええそう、あそこにいるピンクのセーターのね、千里さん。彼女なんか、いつも泣かされていました。上手いのよ。人の心に響くの。刺さるの。だけどね、あるとき一人の生徒さんが、あの方にアイデアを盗まれたとおっしゃって。わたしにだけ、そっとね。頭が切れて品格のある人だから、「おおごとにはしたくないけれど、直に言って揉めると嫌だから、間に入ってくれないか」と相談してきたんです。

いいえ、盗作ってほどのことじゃないんです。この店で、今日みたいにみんなでわいわい飲んでいるときに、その生徒さん、紹子さんておっしゃるんですけど、彼女が次の作品の構想をちらっと話したんですって。そうしたら翌月、そのエッセンスを使ったエッセイを、中井さんが書いてきたと言うんです。構想の話については、複数の人が聞いていたんですけれど、紹子さんのは小説で、中井さんはエッセイなので、気づいた人はいなかったんですって。

内容ですか？　確か、何をやっても人から勘違いされてしまう男が、悪事を繰り返すうちに英雄になってしまう、というようなお話だったと思います。のちに紹子さん、ちゃんとそれを短編小説にして提出なさったから、覚えてるわ。

中井さんのエッセイは、ざっくり言うと、人は自分が思いたいように人を見る、という内容でした。それこそが、紹子さんの小説のテーマだったんですよ。

紹子さんが作品を書き上げて教室にお出しになったのは、中井さんがそのエッセイを出した次の回でしたから、講評のとき、岡田先生から「さては、この間の中井のエッセイから着想を得たな」なんて言われてしまって、悔しかったそうです。それで、わたしに相談してきたんです。

どうしたものかと思ったんですけれど、わたしも下手くそながらものを書いているわけですから、紹子さんの悔しさもわかりますでしょ？　だから、二人きりになったとき、さりげなく中井さんに訊いてみたんです。あのエッセイは、もしかしたら紹子さんが話していたアイデアから思いついたの？　って。

そうしたら、ものすごい剣幕で怒って。あんな中井さん、見たことがなかったので、本当にびっくりしました。

「なんて失礼なことを言うんです。アイデアを盗んだのは紹子さんのほうだって、岡田先生だって言っていたでしょう？　それなのに、ゼロからオリジナルのものを作っているわたしに向かって、よくもそんなことを。いいですか、笹井さん、あなたこそが人のものをいつも盗んでいるから、こんな言いがかりをつけるんですよ。自分がそうだからって、人もそうだと思うのは大間違いですから」

って、声を荒げてね。あの方の、今にも泣き出しそうなとろんとした表情、ご存じでしょう？　それがこう、目を三角形に吊り上げてね。わたしは仰天してしまって、思わず「ごめんなさい、ごめんなさい」と平謝りしてしまいました。

ですけど、岡田先生は決してそんなふうには言っていないのに、まるで「紹子さんが中井さんのアイデアを盗んだ」と言ったみたいな言い方をしたことや、わたしに対して「あなたこそが人のものを盗んでいる」と言ってきたことに、本当は怒り心頭だったんです。それなのに、謝るのが先になってしまって、何も言い返せなかったんです。

それ以来、わたしは彼女を避けるようになりました。他の人にはわからないようにしていましたから、岡田先生も気づいていなかったでしょう。ところが驚いたことに、しばらくしたら中井さんが、何ごともなかったかのように、ニコニコして声を掛けてくるじゃありませんか。

「笹井さん、級長さん」

と、以前と変わらない態度で甘えるように呼んでくるのに、こっちが無視したら、まるでわたしが意地悪しているみたいに見えてしまうでしょう？　だから、普通に接するしかなくて。それがもう、苦痛で苦痛で。

だって、あの人がどんなに柔らかな物言いをしようが、泣き出しそうな表情で目を潤ませながら美しい話をしようが、わたしの耳にはあのときの彼女の怒声が、「あなたこそが人のものを盗んでいる」という罵り(ののし)が、ずっと聞こえてきて消えないんですよ。あれだけわたしに失礼なことをしておきながら、彼女はただのひと言もわたしに謝っていないんですからね。

紹子さんは、あの人の顔を見るのも嫌だと言って、間もなく教室を辞められました。わたしもそうしたかったですよ。でも、発起人という立場上、そんなことはできなくて、耐えながら教室を続けました。

ですから、中井さんがここを辞めたときには、心からほっとしました。デビューはおめでたいことですけれど、正直申し上げて、わたしはちっとも喜べませんでした。『あなたはもっと輝ける！』が出たとき、教室の有志で開いた出版記念パーティにも、出席しませんでした。それを、嫉妬だとかなんとか言う人もいましたけれど、言わせておきました。とにかく、せいせいしましたよ。

あらいやだ、わたしったら、はじめての方にこんなことをぺらぺら喋っちゃって、ごめんなさい。飲み過ぎたのかもしれない。久し振りにあの方の名前を聞いて、こんな感情が湧き上がってくるなんて、自分でも驚きました。この話、他の人には言わないでくださいね。

とにかくわたしが言えることは、ああいう人には深く関わらないほうがいい、ということです。

15 野村千里の話

はい？ ああ、どうも。今日見学に来てらした方ですよね？ 笹井さんと熱心に話してらしたので、さっきはご挨拶できなくて。ええ、駅まで行くところです。あなたも？ じゃあ一緒に行きましょう。

教室、入られるんですか？ まだ考え中？ ぜひ入ってください。楽しいですよ。いい人たちばかりだし、何しろ笹井さんがしっかりしてらっしゃるから、安心なんです。

中井ルミンさんですか？ わたしが彼女のエッセイにいつも泣いてたって？ やだ、そんな話をしてたんですか。恥ずかしいなあ。

ええ、そうですよ。いつも中井さんの書いたものに泣かされてました。今だってそうです。彼女の本にもブログにも、いつも胸を打たれてます。

彼女のオンライン・サロンですか？ いいえ、わたしは入っていません。ファンではありますけど、教室の仲間だった人ですし、なんか、関係が変わっちゃうのが嫌なので、入る気はないんです。教室の生徒で入ってる人？　いますよ。中井さんと一緒に辞めてしまったから、もう生徒じゃないですけどね。サロンの立ち上げも、手伝ったんじゃないかしら。ああ、だから、サロンの会員というよりも、スタッフかもしれませんね。

　金魚のファン？　岡田先生が江梨ちゃんのことをそう言ってたんですか？　あはは、先生らしいな。あ、江梨ちゃんていうんですよ、その子。でもまあ、そう言われても仕方ないですね、江梨ちゃんは中井さんにべったりだったから。中井さんのデビューが決まってからは、彼女の秘書かマネージャーみたいに振る舞ってたし。いえ、ファンとは違うと思いますよ。ファンていうのは、わたしみたいに彼女の作品が好きな人のことでしょう？　江梨ちゃんの場合はそうじゃなくて、なんというか……いるでしょう、有名人とか成功者が大好きな人。そういうタイプなんですよ。悪い子じゃないんですけどね、向上心が強いのかな。岡田教室に入ったのも、何か書きたかったわけじゃなくて、岡田先生とコネが作りたかったからだって、堂々と言ってましたから。何を目指してるのかは知りませんけど。

　わたしは、ええ、純粋な中井ルミンファンです。え、泣かされた話ですか？　あらためてそう訊かれると、すぐにはぱっと言えないな。作品数、多いですからね。彼女のブログを読んだことありますか？　すごい量でしょう？　たいていが、一度教室に提出した作品ですよ。岡田先生の講評を受けたあと、手直ししてはアップしていたんです。そうやって腕を磨いていたんだなあ。さすがです。

中学生のときの、いじめのエピソード？　どんな話でしたっけ？　ああ、それならよく覚えてます。あなたも読まれたんですか。いい話ですよね。いじめられて登校拒否になってしまったクラスメイトの女の子を、中井さんが心のこもった手紙で励まして、立ち直らせたお話。ええ、それも、最初は教室で発表された作品です。

もちろん泣きましたよ。わたし、子供がいるので、いろいろと響いちゃって。二次会で、作品についてずいぶん中井さんとお喋りした記憶があります。クラスメイトの「いいところ」をみんなで出し合うなんて、どこから思いついたんですかって訊いたんですよ。そしたら、

「いじめっ子がいくら謝っても、彼女にはその想いが通じなかったわけでしょう？　どんなに深く傷ついたんだろうと思った。そんな人に、いったい何だったら通じるんだろう。中学生なりに一生懸命考えて、考えて、考え抜いて、善意しかないって結論に達したの」

って。そう、あのエッセイのテーマは「善意」でした。中井さん、「謝罪は善意じゃない」

とも言ってたな。「謝罪は自分が楽になるためにするもので、エゴだ」って。「だから、わたしは滅多に謝らない」って。謝るよりもまず、善意を示すんだって。

ドキンとしちゃった。鋭いですよね。わたし、すぐ謝っちゃうんですよ。相手が機嫌を損ねる前に謝っちゃうこともある。癖なんですね。子供たちにも「ありがとうとごめんなさいが言える人になりなさい」って躾けてきたし、自分もそう育てられて、疑いを持ったことなんてなかった。でも、中井さんから見たら、そんなわたしはエゴの塊なんですよね。確かに、そういうところはあるなって思います。あの人は、そこをわかってて、教えてくれたんだと思う。

謝れない人のほうが問題じゃないかって？　ふふ、それと同じことを、誰かに言われたことがありますよ。でもわたしは、それまで謝罪がエゴだなんて考えついたこともなかったから、本当に痛いところを突かれてしまったって思いましたよ、素直に。

まあ中には、そういう鋭い指摘が苦手な人もいますよね。いえ、あなたのことを言ってるわけじゃなくて、一般論として。教室にもいましたよ。事情を聞いたわけじゃないので、あくまで想像ですけど、たぶん、中井さんに突かれたくないところを突かれたんじゃないかな。プライドの高い人だったから、堪えられなかったんだと思います。少なくとも、わたしみたいに素直に感心したりはできなかったんでしょう。それで教室を辞めてしまって。
その人から、言われたことがあるんです。わたしは、中井さんに傾倒し過ぎだって。

「中井さんは、言葉が強い。人は自信満々、強引、尊大な態度に弱いから、そういう人には気をつけないといけない。芯がなくて流され易い人ほど、ただ強いだけで実は大して中身のない手垢のついた言葉をありがたがっちゃうんだから」

って。酷いでしょう？　わたしのこと、芯がなくて流され易い人だなんて、まったく。
その人だって、はじめは中井さんにぞっこんだったんですよ。中井さんが入って来るまで、あの教室で本気でプロを目指していたのって、彼女だけだったから、同じくらい熱心な人が入って、大喜びしてたんだから。

ええ、二人は仲が良かったんです。中井さんはエッセイ、彼女は小説と、ジャンルが違うから敵対することもなくて、励まし合ってる感じで、羨ましかったくらい。

二人の間に何があったかは知りませんけど、その人、紹子さんていうんですけど、彼女のほうが一方的に怒っているようでしたから、中井さんの言葉に、勝手に刺されちゃったんじゃないかと思うんです。そのくらいグサッとくるんですよ、中井さんの言葉って。本質を突くって、ああいうことを言うんでしょうね。

「人から痛いところを突かれたとき、どう対応するか、それがその人の品格を表すのよ」

これも、中井さんから言われた言葉です。「千里さんは素直に受けとめられる人だから素晴らしい」って、褒められちゃいました。嬉しかったですよ。

だから、本当に尊敬してるんです、中井さんのこと。そんな人と、一時だけでも机を並べていたなんて、なんて幸運だったんだろう。

そういえば、いつだったか、辞めてしばらくしたあとの紹子さんと、二人でお茶したことがあって、この話をしたんです。そうしたら、また怒られちゃいました。

「そんなふうに褒められたからって、喜んじゃだめだよ。無闇に謝るのはその人のエゴだっていうのは、一理はあるかもしれないけど、それだけのこと。それよりも、謝れない人のほうがずっと問題だよ」

そうだ、このとき言われたんですよ、謝れない人のほうが問題だって。それもわかります、わかりますよ。でも、中井さんの洞察力のすごさは素直に認めなきゃ。そう思いませんか？　わたしは、そのほうがずっと人生が豊かになると思うけどなあ。

あ、下り方面ですか？　わたしは上りなんで、あっちのホームです。じゃあまた、ぜひ教室でお会いしましょうね。

16　馬場紹子の話

笹井さんから伺ってます。中井ルミンについて、訊きたいんですって？　いいですよ。時間は気にしないで、気楽な独身だから。ええ、会社員です。通販のカタログとか企業パンフとかを作ってる、小さな編集プロダクションで働いてる。

回りくどいのは嫌いなので、先に自分の意見をお伝えしておきますけど、中井ルミンには関わらないほうがいい。あの人は病気よ、冗談じゃなくて。病名なんかわかんないけど、何ていうの、サイコパスだとかそういう類のやつ。要するに、常識では理解できない、ひと言で言えば異常者だね。

笹井さんから、教室で何があったか聞いたんでしょ？　どう思いました？　にわかには信じ難いって？　まあそうですよね。普通じゃないもん。だから病気だと言ってるんです。

まあでもねえ、それが本当に理解できるのは、被害に遭った人だけなんだよなあ。そうじゃない人にとっては「素晴らしい人」なんだから、始末が悪い。

　彼女のことを、カリスマだとか言う人がいるでしょ？　でもね、被害者の目には、泥で汚れた大きな岩の塊にしか見えないのよ。わかるかなあ、この感覚。岩なの、岩。真っ黒な岩。てこでも動かない、岩。そういう感覚で、話が通じない相手なのよ。あの人の中には、これはこうあるべき、あれはああるべき、という自分が決めた理想の形があって、それ以外は認めないし許さないの。最初は天女みたいにキラキラふわふわいい匂いをさせて、優しく接してくるんだけど、こっちが少しでも、これはこうじゃない、あれはああじゃない、と逆らったら最後、ゴゴゴゴゴ……って岩に変身するの。やだ、笑いごとじゃないんだってば。本当なんだから。

　わたしがあの教室を追い出された顚末を、話しましょうか。ええ、自ら辞めた形になってるけど、実際は追い出されたようなものよ。

　きっかけはたぶん、彼女が教室に入った直後の一件だと思う。

　入会して最初の教室で、あの人、下手くそな小説を出したのよ。内容は忘れたけど、道徳の教科書みたいな教訓めいたお話で、本当なら岡田先生にクソミソに貶されるところだけど、初回だったから先生も遠慮して、通常よりは控えめに、でも厳しい講評をしたのよね。あなたも教室を見学したなら、どんな感じか想像つくでしょ？　彼女、相当落ち込んじゃってね。他の人たちだってメタメタにやられてるんだから、そこまで自信なくさなくてもいいと思うけど、まあ塞ぎ込んじゃって。

二次会の居酒屋で、笹井さんはじめ、教室のみんなで彼女を慰めたの。もちろん、わたしもね。入ったばかりでかわいそうだと思ったし、遠くから新幹線で通ってるって聞いてたしね。わいわいとそれぞれが、岡田先生から言われた一番酷かった講評を披露したりしてね。

彼女、解散する頃には元気になってたんだけど、今にして思うと、あれって過剰なご機嫌取りだったと思う。あの人の大好物よ。あのときから、教室は中井ルミンに乗っ取られていたのかもしれない。

大袈裟（おおげさ）だって？　一度被害に遭えばわかるって。

エッセイに切り替えてみたらどうかって言ったのは、岡田先生よ。みんなが彼女を慰めてるとき、「なんだか俺が悪者みたいじゃねえか」とか言いながら、そう彼女にアドバイスしたの、エッセイが合ってんじゃないかって。先生も、心を乗っ取られてたのかもね。今までそんなこと、生徒に言ったことないもの。

でも、そこはやっぱりプロっていうか、岡田先生の読みは当たって、彼女、次からいいエッセイを書いてきたの。そりゃ、すぐに今みたいなレベルのを書けたわけじゃないけど、それなりに読めるものをね。先生も嬉しそうだった。そして、それもまずかったと思う。先生の嬉しそうな顔って、生徒たちが一番欲しいものなのよ。だから、先生が褒めたものは、みんな手放しで持ち上げちゃう。それは、中井ルミンに限ったことじゃなかったんだけど、あの人の褒められる回数が増えるにつれて、みんななんていうか……取り憑かれたみたいになってさ。ヨイショ、ヨイショって。この気持ち悪さ、わかるかな。

これを嫉妬だと言われちゃったら、もう黙るしかないんだけど。あなた、そう思う？　思わない？　本当に？　それならいいけど。

言っとくけど、わたしだって聖人君子じゃないんだから、嫉妬心はあるよ。だけど、あのときの気持ち悪さは、それとは全然別。嫉妬だったらまだよかったと思う。だって、嫉妬もあの人のご馳走なんだから。わたしが嫉妬していたなら、あの人はわたしを排除しようなんて思わなかったはずよ。

とにかく、そんなときよ、二次会の居酒屋で、わたしが小説のアイデアを話したの。それは別に珍しいことじゃなくて、いつもやってることだった。あの場でそういう話をすると、岡田先生からアドバイスをもらえることもあるし、みんなの意見を聞いたり、反応を見たりするのも大事だからね。

残念ながら、そのとき岡田先生は笹井さんと喋っていたから、わたしの話は聞いてなかった。聞いてくれてた人たちは、通り一遍に「面白そう」なんて、どうでもいい感想だけくれた。でも、中井ルミンは違ったのよね。なんていうか、じいっとわたしの胸の辺りを見つめながら、身を乗り出してて。人の話を聞くというより、獲物を狙ってるみたいなさ。わかる？で、次の教室で彼女が出してきたエッセイが、わたしが喋ったのと、そっくりそのままだったの。

生徒たちの作品は、教室の一週間前くらいになると、笹井さんから一斉メールで送られてくる。中井ルミンの作品を読んだら、あの晩わたしが居酒屋で「このアイデアで、こんな物語にしてみようかと思ってて……」と喋ったことを、本当にまるっとそのまんま、あたかも自分の体験のようにアレンジして綴ってた。

どう受け止めたらいいんだろう。わたしのアイデアの出来がよかったから参考にされたんだと、喜ぶべきなんだろうか。もやもやしたまま、教室の日になった。

そのエッセイは岡田先生が気に入って、ベタ褒めされた。それがわたしのアイデアから生まれたものだと、いつ彼女の口から出てくるかと待ったけど、とうとうひと言もなかった。
頭の中にガーンガーンと何かが響き渡って、何も聞こえなくなった。自分の作品の講評も、覚えてない。二次会の席で中井ルミンのそばに座ったけど、彼女はまったく悪びれた様子もなく、いつものようにニコニコふわふわ微笑んで、話しかけてきた。顔をこわばらせてるわたしに、ニコニコふわふわ、普通に話しかけてきたんだよ。あの日彼女と一緒にわたしのアイデアを聞いてた人たちの顔色を窺ってみたけど、誰も何も気にしてなかった。

そうなると人っておかしなもんでね、あれ、わたしの勘違いかなって、考え始めるのよ。誰だって何かの影響を受けるもんだものな。わたしだって、過去に読んだ小説や映画の影響を何かしら受けて、似たような描写を使ってみたり、同じテーマで書いたりするもんな、って。

だけど、家に帰ってもう一度彼女の作品を読み返すと、やっぱり明らかにわたしのアイデアを盗んだとしか思えない。胸の中はぐちゃぐちゃ悶々、いつまで経ってもすっきりしない。これはもう、作品に書いて示すしかないと思って、わたし、次の教室に出せるよう、小説を完成させて送ったの。

講評の順番が来ると、岡田先生がいの一番に「これは、この前の中井のエッセイから着想を得たな」って言ったから、違います、と言おうとしたら、中井ルミンが声を上げた。

「素晴らしい小説ですよね、先生。わたしも嬉しかったです」

さあっと血の気が引いて、またあのガーンガーンの音が頭に響き始めた。

「おう、今回はなかなかよくできてるよ」

先生が珍しく褒めてくれてたのに、全然聞こえなかった。中井ルミンがニコニコふわふわ、わたしに微笑みかけてた。その日は二次会に出ないで、逃げるように帰ったわよ。だけど、どうにもこうにも苦しくてね。笹井さんに打ち明けたの。そしたら、今度は笹井さんが酷い攻撃を受けちゃった。ご本人から聞いてるでしょ？　怖いよね。

それでわかったの。この人はとっても危険な人物だって。

実はね、笹井さんが攻撃を受けたあと、わたし、中井ルミンに呼び出されたのよ。そこで、まくしたてられたの。

「紹子さん、笹井さんに何を言ったん？　何か、誤解してるんじゃないかなあ」

誤解？　今、誤解って言った？　変なところから声が出そうだったけど、呑み込んだ。

「紹子さん、わたしは日々アンテナを張って生きてるんよ。暮らしの些細なできごとを拾って、それを膨らましたり捏ねたりして、命を懸けて作品を書いてるんよ。全部オリジナルで書いてる。そこは絶対に、潔白なんよ。このお腹のどこを切ってもらっても、わたしは真っ白なんよ。なのに、こんな酷いことされて、わたしずっと、眠られんのよ。ご飯も喉を通らんのよ。病気になって倒れそうなんよ。この苦しみ、わからんでしょうねえ」

芝居がかった言い方でね。からからに乾いた目なのに泣きそうな表情をして、それが責めるみたいに迫ってくるの、謝れ、謝れ、謝れって。それでつい、

「ごめんなさい」

って言っちゃった。笹井さんと同じ。だけどわたしは笹井さんほどお人好しじゃない。誤解ってことがあるかい！　って頭にきてたから、でもさ、って続きを言いかけたの。

そしたら、

「はい、これでこの話はおしまい」

バンッとテーブルを叩かれた。

「ちょっと待って。今、誤解って言ったけど……」

「おしまい。紹子さんの話は聞きとうない」

目の前に、シャッターをガラガラッと下ろされた感じ。こっちがぽかんとしてる間に、彼女は席を立って帰っちゃったわよ。

わかるかな。こういうときの、内臓を摑まれるような苦しさ。喉が切れるくらい大声で叫びたくなる感じ。そのとき思ったの、あの人は岩だって。目の前にドテッと座り込んで、何を言っても通じないし、なんとしてもわたしを前進させまいとする岩だって。

その晩のうちに、笹井さんに電話して、教室を辞めた。この日にあったことは、言わなかったよ。わたしみたいに教室を簡単には辞められない笹井さんを、これ以上巻き込んじゃ悪いでしょ。

それから何日も、いや、何か月も苦しまされた。今頃教室では、わたしが悪者にされているんだろうと想像すると、この身が千切れるような思いでね。岡田先生のことも好きだったから、もう教えを請えないことも悔しかった。辞めたことを悔いたこともあったわよ。でも、じゃあ戻ろうかと考えると、もうそれだけで吐き気がしちゃって。今はこんなふうに平然と喋ってるけど、当時はそりゃあ大変だった。

彼女のことをすっかり忘れるまで、どのくらいかかったかな。とにかくやっと立ち直った頃よ、『あなたはもっと輝ける！』が出版されたのは。

あのときの、全身から力が抜ける感覚って、どう表現したら伝わるかなあ。怒りでも悔しさでもないのよ。とにかく力が抜けて、文字通り床にへたりこんじゃった。スマホ握ったままね。教室の親しかった子から、電話をもらったの。中井ルミン贔屓の子だから、嬉しそうにかけてきた。わたしが教室を辞めた理由も知らずに、きゃぴきゃぴ喜んで、彼女を褒め称（たた）えてね。それを聞いてたら、力が抜けちゃったの。

　ええ、そう千里ちゃんよ。どうして知ってるの？　見学のときに会った？　あ、そう。いいえ、その後も彼女には、何も話してない。笹井さんと同じく、巻き込みたくないからね。なぜって、いやじゃない？　自分の揉めごとに、関係ない人たちを巻き込むのって。ことに千里ちゃんは、中井ルミンのファンだしね。彼女はいい意味でお嬢さま気質っていうか、人を疑わない人だから、そんな子にこの話をしたって、理解できるわけない。

　千里ちゃんが、わたしと中井ルミンが仲がよかったって言ってた？　ええ、間違ってはいない。確かに最初の頃は、あの人と親しくしてた。それだけにね、あのアイデアの横取りは許せなかった。もっと許せなかったのは、しらばっくれたこと。言うに事欠いて「わたしのお腹は真っ白だ」なんて……ちっ。

　ごめんなさい、もういいかしら。これ以上思い出すと、こっちのお腹ん中がドロドロになってくるから。

　最後にひとつだけ。あの人、他にもやっていると思うよ、剽窃（ひょうせつ）。

17　中井ルミンのエッセイ『好意と尊敬』

人を好きになると、その人の真似をしたくなる。

これは、自然な衝動だと思う。

わたしもこれまで、好きなアイドルと同じ髪型にしたり、好きなミュージシャンが愛用しているのと同じブランドの靴を履いたりしてきた。

逆に、自分が憧れられて、誰かに真似されるという経験もある。

学生の頃、仲のいい友達とはいつも似たような服を着ていたし、同じ音楽を聴き、同じテレビドラマにハマっていた。

真似し合うことは、連帯感を育て、共感力を高める作用があるように思う。その根っこに「好意」があるから、争いごとにはならない。

と、今まではずっと思ってきた。


最近、書いたものを真似されてしまうという事件が起こった。

こういう場合は、正しくは「剽窃」とか「盗作」などの言葉のほうが、相応（ふさわ）しいだろう。

しかし、盗んだほうはそうは思っていない。

あくまでも、憧れの人を真似た。

根底にあるのは「好意」。

だから、罪の意識もない。


根っこが「好意」なら、なんでもかんでも真似ていいのだろうか。

真似られるほうは、そこに「好意」があるなら、耐えなければならないのだろうか。


相手は、わたしのファンだ。物書きも人気商売だから、ファンは大事だし、減らしたくはない。

しかしだからと言って、このまま黙って我慢することは、自分の最も大切なものを守らずに放棄してしまうことのように、わたしには思えた。


自分の気持ちを伝えようと、メールを書いた。

何度も、何度も、書き直した。

相手を傷つけないよう、わたしの正直な気持ちが伝わるよう、細心の注意を払って書いた。

しかし、何度書き直しても、何かが足りなかったり、何かが過剰だったりして、納得いかなかった。


わたしには、心強い仲間がたくさんいる。

彼らも、とても心配してくれた。

相手がブログを更新するたびに、その記事の中にわたしの作品からの盗用を見つけ、逐一報告してくれた。

法的に訴えましょう、と言ってくれる人もいた。

そんなことにまでしたくなくて、懸命にメールを書いていたのだった。


しかし、そこまでして書いたメールが、相手には通じなかった。

どうやら、自分の「好意」が踏みにじられたと、受け取ってしまったようだった。

そうして、その人はファンから一転、わたしを憎み、嫌い、それをネットに書いた。

そして、一番やりたくなかった訴訟問題に発展しそうになったところで、やっと止めてくれた。

「好意」というのは、簡単に憎しみに変わる。それを身に沁みて感じたできごとだった。


盗作、剽窃というと、わたしには、忘れがたい思い出がもうひとつある。

まだデビューする前、「作品を盗んだ」と言われたことがあるのだ。


わたしも相手も素人だったから、公になることもなく、当人たち以外誰にも知られず収束できた。しかし、一つ対応を間違えていたら、わたしはデビューを待たずに筆を折っていたかもしれない。

それほど激しく傷つき、動揺もした事件だった。

それは、ある文芸創作教室で起きたことだ。特定されたくないので、詳しいことは書かない。

ある日突然、受講生の仲間から、「わたしのアイデアを盗んだ」と言われた。

彼女もプロ志向の人だったから、わたしは勝手にライバルだと思い、しのぎを削っている気でいた。

そんな人から、こんなことを言われ、プロを目指して命懸けで執筆活動をしていたわたしは、大きな衝撃を受けた。

相手をよきライバル、仲間だと思い、尊敬していただけに、傷も深かった。

わたしは反射的に、相手を罵りそうになった。しかし、すんでのところでそうせずに済んだ。

わたしを引き止めたのは、彼女への「尊敬の念」だった。

わたしたちは二人きりで会い、じっくりと話し合った。

すると、意外なことが判明した。

その週、彼女が教室に提出した作品が、たまたま前回わたしが出した作品に酷似しており、それを講師に指摘されたというのだ。

わたしもその教室には参加していたが、気がついていなかった。そのくらい、さらっとなされた指摘だったのだと思う。

前述したように、彼女もわたしと同様、命を懸けてものを書いている人なのだ。ショックだったろう。


「そう言われて、あなたの前回の作品を読み返してみたら、確かにコンセプトが似ていたの。でも、わたしはそのアイデアを、半年前から温めていた。だから、盗んだとしたら、それはあなたのほうだって、そう思ってしまって」

そう言って、泣いて謝る彼女に、わたしもまた、泣いて謝った。

「わたしも、盗んだと言われた瞬間、何も考えず、あなたを責めてしまいそうになったの」

胸を開いて話し合うことで、わたしたちは関係をこじらせることなく、握手をして別れることができた。

それは、二人の間に「尊敬」があったからだと思う。

「好意」は簡単に憎しみに変わるが、「尊敬」は憎しみを止める。

誰かを好きになったとき、それを憎しみに変えないために、相手を尊敬できるかどうか、見極めることが大切だと思う。

また、好意を持たれたとき、そこに尊敬があるかどうかも、見極めたい。

そう思いながら周りを見てみると、長く続いている幸福なカップルは、互いを尊敬し合っている。

そしてわたしには、幸いにも尊敬し合う家族が、友がいる。

彼らに心から、ありがとうと言いたい。

18　堂本江梨の話　その1

はい、何でしょう？　ええ、そうです。さっきまで、ここで中井ルミンさんのサイン会をしてました。今いらっしゃったんですか？　まあ残念。ついさっき、終わっちゃったんですよ。ルミンさんも帰ってしまいました。あら、本も持ってらしたのに、すみません。

わたしですか？　いえ、ここの店員じゃありません。ルミンさんの友だちというか、スタッフというか、まあ元々は、同じ文芸教室の仲間だったんですけどね。今日は、お手伝いで。

文芸教室でですか？　ええ、それはもう、ルミンさんはすごかったですよ。ダントツにうまくて、当時からスターの風格があったっていうか……あ、それですそれ、カリスマ性。わたしなんて、途中でもう作品出すのやめちゃって、彼女に会うためだけに教室に通ってたようなもんです、あはは。

彼女はその頃からブログを書いていて、読者もけっこういたんですよ。ＳＮＳは怖いからって、デビューするまではやってなくて。ツイッターもインスタもやらないで、あんなデビューをしちゃうって、すごくないですか。

デビューのきっかけ？　あら、ファンなのにご存じないんですか？　ファッション誌『Shirley』の特集記事ですよ。いきなり見開き二ページどーん。あれも、ブログを長年書き続けてきたからこそなんですよ。原稿を依頼してきた編集者は、ルミンさんのブログの読者だったんですから。シンデレラストーリーですよね。

あのときは、教室も盛り上がりましたよー。講師は岡田渡って人なんですけど、知ってます？　二十年くらい前にはちょこちょこテレビなんかにも出てた、おじいちゃんの文芸評論家なんですけどね。はじめて教室からプロのライターが出たって、大騒ぎでした。

でも、ここだけの話、妬む人も少なくなかったんですよ。岡田先生からは特別に目をかけられていたし、本当のリーダーの人よりリーダーシップをとってたし、その上プロデビューですもん、わかるでしょう？

掲載号の『Shirley』が出た直後から、教室の雰囲気がギスギスしちゃって。ルミンさんを応援する派と嫉妬派で、分断されちゃったんですよ。それで、ルミンさんは教室を続けたかったのに、いたたまれなくなって辞めたんです。そのとき、わたしも一緒に辞めちゃいました。だって、ルミンさんのいない教室なんて、行っても意味ないですもん。正直、あとに続いてデビューできそうな人は他にいなかったし、岡田先生にも魅力を感じられなくなってたし。言葉は悪いですけど、もう過去の人っていうか。あはは、怒られちゃう。

わたし、勢いのある人が好きなんですよ。あと、才能のある人。スポットライトが勝手に当てられちゃうような人。拍手喝采が似合う人。みんなから憧れられる人。

ルミンさんて、まさにそういう人なんだよなあ。わかるでしょう?

デビュー前もカリスマでしたけど、デビューしてからさらに磨きがかかって、ああいうの、何ていうんだろ……あ、それですそれ、洗練。ルックスが洗練されたんですよ。人に見られるようになると、どんどん綺麗になっていく人っているでしょう? あれも才能なんだろうなあ。そりゃ、文才があって自分を磨く術にも長けてたら、嫉妬もされますよね。

え、教室の人たちですか? いいえ、今はもう誰ともつき合いはないです。辞めたばかりの頃は、親しくしていた人とたまに会うこともあったんですけど、だんだん回数が減ってきて、いつの間にか疎遠になっちゃいました。女同士の友人関係って、男みたいに長続きしないですよね。

わたしはルミンさんのファン第一号ですから、ずうっとひっついてます、あはは。今日も、ボランティアで会場整理の手伝いに来たんです。何でもいいから、彼女の役に立ちたくて。それにルミンさんて、だいぶ年上ですけど、心は少女だから、わたしがついていないと危なっかしいんですよ。仕事は人の何倍もすごいことをやっちゃう人なのに、それ以外はからっきしだめ。だから、ついつい世話を焼いちゃって。いつの間にか、マネージャーみたいなことをしてます。最近は、変な輩も湧いてきますからね。ルミンさんみたいな人には特に、おかしな勘違い人間が吸い寄せられてくるから、誰かが守ってあげないと。やだ、わたしったらぺらぺら喋ってしまって。ごめんなさい、ここ、あと十分で片付けないといけないので、失礼します。えっ、手伝ってくださるんですか？　それはありがたいです。ルミンさんのファンは、本当にいい人たちばかりで、嬉しくなります。あ、もちろん、さっき言った変な輩は別ですよ。

いるんですよ、おかしな人が。ああいうのもファンっていうのかなあ。脅迫状が届いたこともあるんですよ。怖いでしょ？　最初の本の出版祝いのパーティのときでした。文芸教室の有志が主催して開いたんですけど、会費制にしてファンも集めたんです。ブログの読者が、すでにたくさんいましたからね。みんなのおかげで本が出せたんだから、みんなでお祝いしたいって、ルミンさんが提案して。

彼女、すごくファン思いなんです。今日のサイン会を見てても、そう。一人一人に丁寧に話しかけて、サインだけじゃなくて、ひとこと言葉も入れて。握手だって両手でするし、失礼なことをされても絶対にニコニコしてる。尊敬します。

あ、脅迫状の話でしたよね。そうそう、そのパーティに、お祝いの贈り物を持ってくる人たちがたくさんいて、ひとつのテーブルにまとめて置いていたんですけど、キラキラした大小様々な箱や袋に混じって、白無地の封筒が一通あったんです。受付担当の子が開けたら、なんか怖いことが書いてあったんですよ。

いえ、無断で開けたんじゃなくて、プレゼントは全部、事前に開けることになってたんです。SNSも怖がるような人だから、ルミンさん、人からの贈り物にも神経質で、全部チェックするように言われてたんです。

いやいや、カッターの刃なんて、昭和のアイドルじゃないんだから、あはは。彼女が心配してたのは、本の内容を貶したりとか、自分への悪口とか、そういう……あ、それですそれ、誹謗中傷。それを恐れてたんです。あんなに才能があって支持者もたくさんいるのに、本もちゃんと読んだかどうかわからない人が憂さ晴らしに吐いてるような言葉に、傷ついちゃうんですよ。

ああいう人だから、昔から嫉妬されやすかったんですって。覚えのないことで非難されたり、意地悪されたり、やってもいないことをやったと告げ口されたり、子供の頃から何回も、いやな思いをしてきたって言ってました。

「江梨ちゃん、嫉妬って、世の中で一番汚くて怖い感情なんよ」

って、彼女の口癖。

え、脅迫状の内容？　何だったかなあ、確か、お前の正体は知ってるぞ、みたいな、変な内容でしたよ。キモいですよね。

犯人ですか？　結局わからずじまいですね。警察にも届けなかったから、仕方ないんですけど。ルミンさんが、それはやめておこうって。嫉妬は歪んだ愛情だから、触らないほうがいいって。わたしは「甘いなあ」って言いましたけどね。

でも、なんとなくあいつじゃないかなって人、いなくもないんですよ、二人。ここだけの話。誰にも言わないでくださいよ。

一人は、ルミンさんのオンライン・サロンの元会員。勘違いファンってやつですよ。この頃はまだ何も問題はありませんでしたけど、後にいろいろやらかして、出禁になった人なんです。いかにもやりそう。

もう一人はフリーの編集者で、まだ素人だったルミンさんに、最初に目をつけて『Shirley』の仕事を振ってきた人。ブログの熱狂的なファンだったんですって。それが、ルミンさんが本を出したとたん、態度が変わって。歪んだ愛情ってやつですよ。怪しいでしょう?

とにかく、有名になると、いろんな残念な人たちが湧いてはまとわりついてくるから、大変です。それでもルミンさんは、ファンを大切にしてるんです。

え、オンライン・サロンですか? ええ、わたしもスタッフとして関わってます。興味あったらぜひ入ってください。ウェブから簡単に入会できますから。

19　倉田友昭（くらたともあき）の話　その1

はじめまして。メッセージを頂いていたのに、気づくのが遅れてすみません。妻のフェイスブックメッセンジャーに連絡が入るなんて、久し振りだったので。亡くなったばかりの頃は、あちこちから問合せがあったので、ちょくちょくチェックしていたんですが、最近は落ち着いていたもんですから、あまり見てなくて。

実は、ＳＮＳのアカウントもそろそろ削除しようかと思っていたところだったんです。理美（さとみ）の死を彼女のアカウントから告知して以来、なんとなく彼女が恋しくなると、酒を飲んで投稿してしまっていて、そんな自分が情けなくて。読まされる理美の友だちやら知り合いも、敵（かな）わんでしょう。それで、きっぱり断つために削除しようかと。でも、まだこうして誰かから連絡が入るとなると、もうしばらく置いておこうかな。

ところで、妻とはどういう？　メッセージを拝読してお名前を見ても、ぴんとこなくて。

あ、面識があるわけじゃないんですか。じゃあなぜ？　僕の投稿を読んで？　いつのです？　この間の三回忌の？　参ったな、あれはまた、特別に酔っ払って書いたやつだから。

それで、あの投稿に何か？　あそこに書かれていた「悪魔」は、中井ルミンじゃないかって？

……驚いたな。いったいどうしてそんなことを？　妻のこと、知らないんですよね？　だったら、中井ルミンの知り合いですか？　昔の知り合い？　はあ、そうでしたか。ということは、あなたもあの悪魔に何かされたんですね。そうでしょう？

ええ、正解です。僕が悪魔と書いたのは、中井ルミンのことですよ。

何から話しましょうか。

理美は、フェイスブックのプロフィールにも書いてありますが、フリーランスで編集者をしてました。といっても、亡くなる前は、出版社や編集プロダクションから小さな仕事をもらっていた程度です。前に勤めていた大手出版社を、体調を崩して退職したあとだったので、無理のない範囲でと、セーブしながら働いていたんです。

体調不良の原因は、更年期障害でした。でも妻の場合、まだ四十代前半だったことや、症状が、よく知られているホットフラッシュとか目眩（めまい）じゃなく、関節痛や動悸（どうき）、不眠や不安感とかだったので、そうとわかるまでに、三年以上も費やしてしまいましてね。その間にかかった病院では「不定愁訴（ふていしゅうそ）」だの「不安神経症」だの「運動不足」だのと、いい加減な診断をされて、何もしてもらえなかったり、効かない注射を打たれたり、副作用の強い薬を処方されたりで、ずいぶん苦しんだんです。

あれは、やっと婦人科にたどり着いて、原因が女性ホルモンの減少だったとわかって、適切な薬のおかげで回復し始めた頃でした。理美は、女性誌の『Shirley』に、更年期障害の特集企画を持ち込んだんです。自分の体験を活かそうと思ったんですね。

あれが通らなければ、こんなことにはならなかったんですが。

フリーになってはじめての大きな仕事でしたから、はりきってましたよ。原稿や対談を依頼した相手は、婦人科医、心理カウンセラー、社会学者、生物学者。どの方も、理美自身が闘病や治療の過程で著書を読んだり、ポッドキャストやYouTubeを視聴して、頼りにしてきた人たちでした。

最後に〝当事者〟として原稿を依頼したのが、中井ルミンです。当時まだ素人のブロガーだった彼女に、妻が白羽の矢を立てたのは、あの人のブログもまた、理美が症状に苦しむ中で、心のオアシスとして頼りにしてきたものだったからです。

あの頃、特に一番辛かった頃、彼女のブログがアップされると、パソコンに飛びつくようにして読んでいたものでした。内容を、僕に話してくれることもありました。気に入ったものは、プリントアウトして持ち歩いたりしてね。この人はいつかプロになる人だって、よく言ってましたよ。

あなたも彼女の知り合いなら、読んだことがあるでしょう？　あの世代の誰もが「あるある！」「そうそう！」と頷けるようなことを、易しい文体で書いてるんですよね。理美はずっと、中井ルミンのブログに励まされてきたんです。

その中に、原因不明の体調不良に陥ったときのことを綴ったものがあったそうです。理美はそれを読んで、ピンときたそうです。それで、

「もしかしたら、あの記事は更年期障害による症状ではありませんか？　もしもそうだったら、執筆を依頼したいのですが」

と、彼女にオファーしたんです。勘は当たって、仕事を受けてもらえることになりました。

各界の専門家に交じって素人を使うことを、編集部の上部は嫌がったそうですが、若い編集者たちが支持してくれたそうです。あの頃、ネットからプロの書き手になる人たちが、次々と出てましたからね。出版不況と言われる中で、彼らのような人たちが書いたハウツー

本や自己啓発本が、次々とベストセラーになってましたから。彼女のブログ登録者数の多さも、彼らの興味を惹いたんでしょう。

中井ルミンとの、はじめての打ち合わせから帰ってきたときの、興奮した妻の様子をよく覚えてます。

「書くものとまったく同じ、素晴らしい人格者だった」

うっとりした顔で、そう言ってました。それから、久し振りに妻が楽しそうに仕事に打ち込む姿を見て、僕も嬉しかったんです。

二人はウマが合ったようで、『Shirley』の仕事が終わってからも、一緒に食事に行ったり、映画や芝居を観に行ったりする仲になりました。帰ってくると、理美はいつも夢見心地というか、軽い躁状態でね。思春期の少女がデートから帰ってきたみたいだと、よくからかいましたよ。

一度、中井ルミンを家に招待したこともありました。僕があの女と直接会ったのは、そのときだけです。出迎えた玄関で、吹き出しそうになったっけな。だって、髪型といい服装といい、中井ルミンは理美にそっくりだったんですよ。

それまで彼女の姿は、理美が編集した『Shirley』に載った写真でしか知りませんでした。

ショートボブに金縁メガネ、服はグレーか紺色のブレザーだったかな。ところがうちに来たときは、この辺でお団子にしたひっつめ髪に、太い黒縁メガネですよ。妻はべっ甲柄のフレームでしたけど、形は同じ。着ていた服の趣味もそっくりで、同じブランドだったんじゃないかな。まあ、顔と体格がまったく違ったので、瓜二つってわけじゃありませんでしたけど。

とにかく、それほど二人は仲が良かったんです。その頃の中井ルミンのブログには、「親友S」って名前で妻が何度も出てきます。もしまだ読める状態なら、確かめてみてください。当時の二人の関係が、よくわかりますよ。

その頃、理美は、彼女のブログを本にできないかと、懇意の編集者に声をかけまくってました。そうしたら、あの秀山社が興味を示したんです。中井ルミンより、理美のほうが喜んでましたね。

担当になった白川さんはとても優秀な編集者で、中井ルミンの膨大なブログ記事からテーマを絞って、あのエッセイ集『あなたはもっと輝ける！』を編んだんです。そのテーマというのが《生き方に悩む中高年女性へのエール》。自信を失いかけ始めた年齢の女性たちに、どんぴしゃにハマる内容でした。さらに、インフルエンサーにSNSで紹介してもらうという戦略を打って、みごとにスマッシュヒットさせたんです。

あれは、中井ルミンにとって、世界ががらっと変わった瞬間だったでしょうね。理美は、その最大の功労者だったはずです。そんな親友に、なぜあんな仕打ちができたのか、いくら考えてもわかりません。

『あなたはもっと輝ける！』の出版の、すぐ後のことでした。秀山社から理美に、どなたかの文学賞受賞パーティの招待状が届きました。彼女は長らくそういう場には行ってなかったのですが、嬉しいことが続いたので、出席する気になったようです。ドレスと靴も新調して、髪も綺麗にセットして、いそいそと出掛けていきました。

ところが、二次会にも出るかも、と言っていた彼女が、二時間も経たずに暗い顔をして帰宅したんです。どうしたのかと訊くと、中井ルミンから、まるで透明人間のような扱いを受けたって言うんですね。

パーティ会場に着いてすぐ、理美は中井ルミンを見つけたそうです。出したばかりの本がヒット中の新人作家らしく、たくさんの編集者や作家に取り囲まれて、光り輝いていたそうですよ。

ところが、理美が手を振っても気づかない。視界には入っているはずなのに。変だなと思ったけれど、着ているものがいつもと違うからかもしれないと、理美は中井ルミンの正面に回って、手を振りながら近づいたそうです。そうしたら、ふいっとそっぽを向かれた。理美は足がすくんで、立ち止まったそうです。明らかに、意図的だったからです。

「理由がわからない。でも、もしかしてあれかな？　というのはあるの。それはね、この間彼女が送ってきた、小説の原稿。感想を聞かせて欲しいって。正直言って、よくなかったの。だから、とてもお上手ですがルミンさんはエッセイのほうがいいと思いますって感じのコメントを、わたしなりに丁寧に書いて送ったんだけど、思えば、それに対して返信をもらってない。いつもなら、必ず何かしら返事をくれるのに」

理美はそう言っていました。それ以外、思い当たることがないと言うんです。僕は、そんなことでヘソを曲げるなんて、子供じゃあるまいしと笑いました。実際そうでしょう？

「今頃、自分自身が恥ずかしくなって、後悔してるんじゃないか。そのうち連絡がくるよ」

僕は本当に、そう思っていたんですよ。ところが、そうはなりませんでした。ある日、理美がひどく落ち込んでいるので、訊くと、中井ルミンから激しく詰られたと言うんです。

「何か失礼があったでしょうかって、メールを送ったの。そうしたら、返信がきて」

見せてもらいましたよ。驚きました。保存してあるので……あった、これです。

《理美さん、わたしはもし、自分の大切な、大好きな友だちが、命を削るようにして制作した作品を見せてくれたとしたら、それこそ、こちらの命も差し出すような心構えで、それを受け取り、鑑賞します。もちろん、必ずしも完璧ではないだろうし、自分の趣味とも合わないかもしれない。それでも、そこには大切な友だちの、決して踏みにじってはいけないものがこめられていることは、忘れません。

わたしは今回、理美さんから自分の最も大事なものを踏みにじられて、本当に悲しかった。辛かった。苦しかった。今でもそうです。あなたを許したいのに、やっとメールがきたと思ったら、あんな軽い扱われ方で、さらに傷つきました。

友だちというだけではありません。あなたは編集者でしょう？　作家さんたちが命を懸けて書いたものを、扱うお仕事でしょう？　それなのに、大切な友だちの作品をあのように扱うとは、どういうことですか？　きっと仕事でも、作家を見下し、作品を馬鹿にし、売れればいいとばかりに考えているのでしょう。

そういう方と、これ以上一緒にお仕事をしていいものか、迷っています。

秀山社の編集者、白川さんからは、大変真摯（しんし）な、胸を打たれる感想をいただきました。拙（つたな）いわたしの作品に対しても、ああして向き合ってくださる方がいることに、希望を持っ

ています。さようなら。中井》

理美は仰天して、すぐに電話をかけたそうですが、出てもらえなかったそうです。それで、今度はメールではなく手書きの手紙で、謝罪文を送ることにしました。絶対に失敗できないからと、僕も一緒に文面を考えましたよ。

しばらくして返事をもらい、なんとか仲直りしたようでしたが、今では、手紙なんか書かなければよかったと思っています。あんな異常なメールを受け取った時点で、関係を切るよう勧めるべきでした。

理美は、再び中井ルミンと会うようになりましたが、明らかに以前とは様子が違いました。ものすごく楽しかったとハイテンションで帰ってくることもあれば、激しく落ち込んで帰ってくることもあったんです。訊くと、また機嫌を損ねてしまったと言う。僕は「距離を置いたら？」と言ったんです。でも、空返事しかされませんでした。

その間も『あなたはもっと輝ける！』は売れて、中井ルミンは雑誌にインタビューされたり、ラジオに出たりしていました。

二人はツイッターでフォローし合っていましたから、彼女のそうした華やかなニュースは、否（いや）が応でも理美に届きました。嬉しそうに見ていましたよ。でも、ときどき浮かない顔をすることもあった。そんなときには僕もチェックしてみるんですが、理美のツイートに対する非難としか思えない、きついツイートをしていました。名指しではないから文句を言うこともできませんが、あれは明らかに理美に対しての嫌がらせです。

僕はフォローを外すよう言ったのですが、理美は頑としてそうしませんでしたね。そもそも、怖がってSNSに手を出してなかった中井ルミンに、ツイッターを利用するよう勧めたのは、理美なんですよ。使い方も手取り足取り教えてね。

一番堪えたのが、白川さんや他の編集者たちと、プライベートで楽しく遊んでいる様子を書かれたときだと思います。画像つきでね。ついこの間まで、その席は自分のものだったのですから、きつかったでしょう。

しばらくして、中井ルミンが、ブログを更新しました。タイトルは『勝手な期待』。内容は、理美のことです。読めばわかります。それがダメ押しというか、完膚なきまでに理美を叩きのめしました。彼女は胃潰瘍を発症し、不眠症になって薬を飲むようになり、半年後には鬱病と診断されました。そして仕事を再び失い、あの女の活躍と反比例するように、弱っていったんです。

悪魔なんですよ、中井ルミンは。

20

中井ルミンのエッセイ『勝手な期待』

人の心情を勝手に想像し、それに振り回されて、失敗したことはないだろうか？

特に、大好きな人に対して。

最近、大切な友だちを怒らせてしまった、と思うできごとがあった。人がたくさん集まる会場で、彼女を見つけたので手を振って近づこうとしたら、無視されてしまったのだ。

ついこの間まで、親しく遊んでいた相手だ。一緒に仕事もしたことがある。びっくりして、わたしは体が固まってしまった。

いっぽう彼女のほうは、楽しそうにわたしが知らない人と談笑している。その横顔が、明らかにわたしを拒絶していた。怒っていた。

どうしたんだろう。

何があったんだろう。

頭の中でぐるぐると、いろんな思いが駆け巡った。胃が、ぎゅうっと摑まれるように痛んだ。

彼女は、大人になってからできた、貴重で大切な友だちだった。わたしが書いたものをいつも深いところまで読み込んでくれ、的確な感想やアドバイスをくれる人だ。

わたしのファンだと公言してくれているが、そんな浅い関係ではない。わたしが本を出せたのは、彼女のおかげなのだから。


思いつく原因は、ひとつしかなかった。

少し前、わたしは彼女に、自分の宝物を預けていた。それが何なのかは、具体的には書かない。大切な、秘密のものだ。わたしはそれをどうしても、彼女のいつもの深い洞察力で見て欲しかった。そして、意見をもらいたかった。

彼女の態度が変わったのは、その直後のことだ。

素っ気ないメールが一本、送られてきた。およそ彼女らしくない、リスペクトを欠いた文面だった。

いつでも、どんなことにも、真摯（しんし）に向き合う彼女が、よりにもよって、わたしの一番大切なものを軽んじた。ショックだった。何べんも、そのメールを読んだ。いつもとまったく違う、固く冷たい文体。そこからは、彼女の感情は読み取れなかった。

あのメールは、怒っていたのだ。彼女の横顔を見て、わたしは悟った。

彼女から目を逸らし、考えた。いったい何が、彼女を怒らせてしまったのだろう。

もう一度ちらっと見ると、何を話しているのか、彼女はワイングラスを持って、大きな口を開けて笑っていた。こっちは胃に穴が開くような思いをしているのに。ぐっと、悔しさが込み上げた。

結局、彼女とは一度も目を合わせることなく、会場をあとにした。

タクシーに乗ると、とたんに涙が出て止まらなくなった。親切な運転手さんが、気づいて声をかけてくれた。

わたしが事情をかいつまんで話すと、少し沈黙したあと、彼はこう言った。

「大丈夫、本当の友だちなら、きっと仲直りできますよ。それが、友だちってもんでしょう」

何の根拠もない言葉なのに、なぜか少し元気になって、

「ですよね」

と言って笑ったら、やっと涙が止まった。

窓から東京の夜景を眺めながら、気持ちを鎮め、頭が冴えてくるのを待った。

確かに、彼女に預けた宝物は、重たいものだったと思う。それに対して意見を言うときには、感性が試される、そんな種類のものだった。しかしだからこそ、親友と呼び合えるほどに親しくなった彼女に、忖度なしに意見を言って欲しかったのだ。

口に合わなかったのなら、そう言ってくれてよかった。箸にも棒にもかからないと思ったなら、そう言ってくれてよかった。どんな意見でも、わたしは受け入れたのに。

それとも、わたしはそんな度量のない、小さい人間だと思われてしまったのだろうか。だから、あんな無味乾燥なメールを寄越されたのだろうか。


そこまで考えて、「あっ」と思わず声が出た。どんな厳しい意見も受け入れると言いながら、そのときわたしが猛烈に欲していたのは、彼女からの優しい言葉だったのだ。

メールを受け取ったときも、そうだった。返事を待っている間、あんな褒め言葉が来るか、こんな喝采が来るかと期待していた分だけ、それがないことに勝手に打ちのめされ、勝手にむくれてしまっていた。

バッグからスマートフォンを取り出し、彼女からの最後のメールをもう一度読み返してみた。素っ気ない、リスペクトを欠いた、無味乾燥な文面だと思っていたそれが、別の色を帯びて目に飛び込んできた。

よく読めば、彼女はわたしの宝物を、一生懸命吟味してくれていた。それでもどうしても、褒められるところがなかったのだ。正直でおべっかを使えない彼女は、困りに困ったに違いない。それでもこうしてわたしが傷つかぬよう、言葉を選んで意見を書いてくれていた。


急いでLINEを開き、彼女にメッセージを打った。先ほど無視されたことには触れず、「心のこもった意見メールをありがとう」と、それだけ書いた。

送信ボタンを押そうとしたそのとき、一件のLINEが届いた。なんと、彼女からだった。

「さっき、会場で見かけたのだけど、知り合いと喋っていて、挨拶できなくてごめんなさい。あとで声をかけようと思ったら、もういなくて。早くに帰っちゃったのかしら。

ひとつ、心に引っかかっていることがあるのですが、先日お送りしたメール、何か失礼なことをしてしまいましたか？　もしそうなら、謝りたいのです」

読むうちに、引っ込んでいた涙がまた溢（あふ）れ出てきた。

ああ、ああ、やっぱりそうだった。バカみたい。彼女は怒ってなどいなかった。それどころか、あのメールを気に病んで、心配してくれていたのだ。

自分を好いてくれていると思う人に、わたしはつい甘えてしまう。つい期待してしまう。相手の心の中を勝手に想像して、自分に都合のよいストーリーを作り上げてしまう。そして、そのとおりにいかないと、傷ついてしまう。

いかん、いかん。

わたしより一段も二段も人間ができている彼女は、それさえも汲み取って、気遣ってくれるのだ。こんな友だちを、わたしは責めてしまうところだった。

運転手さん、とわたしは前の席に声をかけた。

「運転手さんがおっしゃったとおりでした。今、彼女から、温かいメッセージが届きました」

彼は嬉しそうに体を揺すって笑い、ダッシュボードにあったポケットティッシュを、放って寄越してくれた。

涙を拭い、洟をかんだあと、わたしは書きかけていたLINEの「ありがとう」のあとに、「次にいつ会えますか?」と書き足して、送信した。

21　白川敬(たかし)の話　その1

やあどうも、電話をくださった、倉田理美さんのご友人ですね。秀山社の白川です。どうもどうも。

理美さんの追悼文集を、お作りになるんですって？　それで、中井ルミンさんに寄稿を依頼したいとか。ええ、もちろんご協力させていただきますよ。

そうですか、もう三回忌ですか。月日が経つのは早いですねえ。理美さん、まだお若かったのに、残念でしたよねえ。結構長い間、療養されてたとか。知らなかったので、驚きましたよ。ええ、ご葬儀のとき、ご主人から伺いましてねえ。前にも一度、体調を崩されて療養されていた時期があったから、またそれでお休みしているのかな、くらいに思っていたんですよ。

は？　僕と理美さんですか？　いやあ、特に親しいというほどではなかったんですよ。

出会ったのは、彼女がまだ春日書房にいた頃ですから……十年以上前になるのかな。編集者って、会社は違ってもあちこちで顔を合わせることが多いんで、結構繋がってましてねえ。

そうです、彼女から中井ルミンさんを紹介されたんです。久し振りに顔を合わせたと思ったら、素晴らしい書き手がいるから本にしてくださいって、こんな紙の束をドサッて持ってきましてねえ。中井さんのブログをプリントアウトしたものだったんですけど、まあ熱いプレゼンでした。

ふだん、そういう持ち込みは、受け取ってもすぐ目を通すことはないんですが、理美さんの圧がすごいもんですから、勢いに負けて、その場で一つ読んだんですよ。そうしたら、文章はうまいし、書いてある内容も悪くない。それより何より、目の前に熱烈なファンがいるんですから、それ以上の何かを作品自体が持っていることは、疑いようがない。

一人目のフォロワーがムーブメントを起こすって現象、ご存じですか。一人で目立つことをしていても何も起こらないけど、そこに賛同者が一人現れて周囲を煽ると、あっという間に人が増えて、流行を起こすってやつです。つまり、肝心なのは一人目のフォロワーってこと。

中井さんにはすでにそれがいて、周囲を煽っていたわけです。

そのとき、見えたんですよねえ、中井さんがブレイクする様子が、ありありと。要するに僕は、中井ルミンの〝一人目のフォロワー〟に乗っかった、最初の人間ってことです。つまり、あのときすでにもう『あなたはもっと輝ける！』は、ドッカーンと大空に打ち上がっていたってことですよ。

えっ、倉田さんが、僕のことを優秀な編集者だっておっしゃってたんですか。いやぁ、恐縮しちゃうなあ。販売戦略がうまかったって？　そりゃあ、あれこれ工夫はしましたけれども、結局のところは作品の力ですよ。それがなければ、いくら金をかけてプロモーションをしたって、あそこまでは売れません。何しろあの頃彼女はまだ、無名のブロガーだったんですからねえ。

彼女の作品の力は、ターゲットにしていた中高年女性だけでなく、若い世代にも響いたことで、十分に証明されました。その上、人間性も素晴らしいときています。

は？　理美さんと中井さんの仲ですか？　そりゃあ良かったですよ。理美さんのご友人なら、ご存じでしょう？　理美さんは中井さんに心酔しきっていたし、中井さんは理美さんのおかげで人気雑誌の企画ではじめて仕事をして、その後僕に引き合わされて、単行本を出せたわけだから、彼女には足を向けられないでしょう。

二人が仲違いを？　いいえ、そんなことは聞いてないですよ。というか、彼女たちが一緒にいるところに同席したのは、引き合わせてもらったときと、最初の本を出したときに開かれた、出版祝いパーティのときだけですから、よくわかりません。

うちの文学賞のパーティのとき？　いつのですか？　ウェスティンホテルでの？　ああ、あそこを使ってた時期があったなあ。そのパーティがどうしたんですか。そこで二人が喧嘩を？　さあ、知りませんよ。お二人が出席してたかどうかも覚えてないですし。出席してたんですか。ふうん、でも、知らないものは知らないですねえ。

なぜそんなことを気にしてらっしゃるんですか？　ああ、中井さんに寄稿を頼んで大丈夫かどうか、心配なんですね。

大丈夫、きっと引き受けてくれますよ。たとえそのとき仲違いをしていたとしても、理美さんが亡くなった今、そんなことは気にしていないでしょう。仲がいいほど喧嘩するって言いますしねえ。少なくともわたしは、中井さんが理美さんを悪く言うのを、聞いたことはないですよ。むしろ、いつだって感謝してました。

そうだ、中井さん、理美さんの葬儀にも来てたじゃないですか。声をかけるのも憚られるくらい、泣いてたなあ。あれを見る限り、二人が揉めていたとは思えません。

そうそう、最初の『あなたはもっと輝ける！』はもちろんのこと、二冊目の『心が震える言葉の魔術』を出版したときも、彼女の献本リストには、必ず倉田理美の名前がありましたよ。いい関係だったんでしょう。

あれじゃないですか、二人の仲を妬んだ誰かが、いい加減なことを吹聴したんじゃないですか。中井さんのファンはけっこう熱狂的だから、彼女と親密だった理美さんを妬む人がいたとしても、不思議じゃない。

中井さんて、そういうタイプなんですよ。同性にモテるっていうんですかねえ、読者も圧倒的に女性が多いですし、小さいときからそうだったそうですよ。「クラスの女子たちが、わたしを取り合って大変だった」って言ってました。その手の人気者って、学年に一人くらいいませんでした？　中井ルミンて、まさにそれなんですよ。

その点、理美さんはもう少し地味っていうか、中井さんが太陽なら理美さんは月って感じで、中井さんの影になって目立たない人ではありましたね。でも、中井ルミンの光を最も近くで常に浴びていた人でしたから、そういう意味で妬まれたのかもしれない。

理美さんを妬んでいた人の、心当たりですか？　いやあ、そこまでは。妬みって、自分に近しい人とか、似た立場の人に対して抱き易いって言いますけど、理美さんはフリーランスでしたし、ガツガツ仕事をしてたわけではないし、やっぱり中井ルミンファンかなあ。あくまでも、想像ですけどね。

ところで、追悼文集の件ですけど、中井さんの原稿、わたしを通してやりとりしてもらってもいいですかね？　彼女、人一倍用心深くて、未知の人とはやりとりしたがらないんですよ。お引き合わせしてもいいんですが、彼女今、忙しくて。こっちが原稿を頼んでいる以上、他に時間をとってもらうのは、ちょっと言いにくいんですよねえ。いいですか？じゃあ、それでお願いします。

彼女が何を用心してるかって？　まあいろいろ、何もかもですね。編集部宛てに届くファンレターやメールも、絶対にこっちで一度開封してからでないと受け取りませんし、内容に少しでも批判的なことが書いてあったら、渡さないよう言われてます。繊細なんですよ。ガラス細工のハートなんです。佇(たたず)まいも、どこか儚(はかな)げでしょう？　そういうところも、あの人の魅力なんだよなあ。

ああそうそう、よくご存じですねえ。彼女は一度、被害に遭ってるんですよ。最初の本の出版祝いパーティで、プレゼントの中に脅迫状まがいのものが交じってましてねえ。だから、用心深いのももっともなんです。

そのときは、パーティを仕切っていたお仲間が、一丸となって彼女を守っていましたね。プロになる前に入っていた、文芸教室の人たちですよ。あのグループも、女性ばっかりだったなあ。

そういや、わたしが理美さんと会ったのは、そのときが最後ですよ。ええ、嬉しそうにしてましたよ。喧嘩なんて、全然。あの中で、一番はしゃいで喜んでたんじゃないですか？わたしにもずいぶん感謝してくれて。

とにかく、いいお友だちに恵まれてますよ、中井ルミンさんは。類は友を呼ぶって言いますけど、善人を惹き寄せるんですねえ。

22　優美の話　その2

ねえ、森葵のこと、あれから調べたんやろう。ちっとも連絡くれないから、気になって。わかったこと、何かないん？

えっ、うそ。沙世ちゃんと話したん？　あの子、外国にいるんやろう？　何を訊いたん？教えて。

……うん、……うん、……やっぱり。中井ルミンのブログを読んで怒るの、当たり前よなあ。本当、頭にくるわ。インターネットなんて、世界中の人が読むのになあ。沙世ちゃんが読むかもしれんのに、どうしてあんなことができるんやろう。なんかわたし、怖くなってきた。

他に何か言ってた？　……うん、……うん。はあ……そんなことがあったんかあ、沙世ちゃん。酷いなあ。辛かったろうなあ。タイムマシンがあったら、今すぐ中学時代に飛んで行って、沙世ちゃんのこと、助けてあげたいわ。

え、何？　それどういう意味？　いいよ、はっきり言ってよ。構わないから。……はあ？

わたしが葵ちゃんの子分だったたって、そう言ったの？　沙世ちゃんが？　ちょっと待って。嘘でしょ。ショック。やだやだ、どうして？

だってさ、わたしだって葵ちゃんの被害者なんよ。あなただって、知ってるでしょうが。いつもびくびくして、あの子のご機嫌ばっかり気にしてたのが、わたしらの小学時代だったやろうが。

ドッジボールでは緩い球を投げてキャッチさせなきゃ泣かれたし、自分の誕生会だって主役は葵ちゃんにしなくちゃヘソ曲げられたし、ちょっとでも目立つ服を着てけば無視されて、葵ちゃんが無視すればクラス全員が無視してくるから、一人ぼっちで何日も過ごしたことだってあるし、たんぽぽの綿毛を吹き飛ばしただけで、耳に入ったって泣かれて、何十分も土下座して謝らされたことだってあるんよ。

そんなわたしが、どうして葵ちゃんの子分なん。涙出てきたわ。

そりゃあな、沙世ちゃんに比べたら、わたしがされたことなんて、大したことないかもしれんけど、だからって、どうして葵ちゃんの子分だなんて、言われなきゃならんの？

信じられない。何なん？　これ何なん？　頭がおかしくなりそう。どうしてまた、こんなことで責められなきゃならないん？　沙世ちゃんのこと、心配してたのに。ずっとずっと、何十年も気にしてたのに。わたしがいったい、あの子に何したって言うん？

葵ちゃんと一緒になって、沙世ちゃんをいじめた？「臭い」って？　そんなはずない。あなたはどうなん？　そんなとこ、見てないでしょう？

ちょっとさ、沙世ちゃんのメアド教えてくれないかな。わたし、自分で説明するわ。え？勝手に教えられない？　なにそれ。あなた、どっちの味方なん？　だったらあなたから沙世ちゃんに伝えてよ。わたしは絶対に沙世ちゃんをいじめてなんかいないって。わたしだって葵ちゃんの被害者だって。

できない？　どうして？　沙世ちゃんをもう一度傷つけることになる？　何なんそれ。じゃあわたしはどうなるん？　このまま一生、沙世ちゃんに誤解されたまま、ひどいいじめっ子と思われたままなん？　そんなこと、耐えられんわ。

だから嫌なんよ。葵ちゃんに関わると、必ずこういう目に遭う。もう何十年も会ってないっていうのに、それでもこんな目に遭う。どうしてなん？

ああ、ごめんな。あなたは葵ちゃんでも沙世ちゃんでもないのに。でも、気持ちが収まらんのよ。

本当に、本当に、葵ちゃんは怖い。顔を合わせなくたって、こうしてわたしを苦しめる。どうしてこんなことができるんかなあ。あの人、人間じゃないみたい。悪魔なんかな、葵ちゃんて。

え、葵ちゃんのことを悪魔って呼ぶ人が、わたしで三人目？　どういうこと？　他にも葵ちゃんに何かされた人がいるん？　……ええっ、そんなに？　文芸教室の仲間だった人に、デビューのきっかけを作ってくれた編集者に、オンライン・サロンの会員に……驚いた。きっと、探せばもっといるよね。

あなた、こんなこと調べて、何をするつもりなん？　何もしない？　じゃあ、なんで調べてるん？　わからない？　そんなことないやろう。葵ちゃんに、何か報いを受けさせたいんじゃないいん？　わたしは、そうして欲しい。

せめて、彼女がどうして他人をこんなに苦しめられるのか、教えて欲しい。それがわかったら、少しは気が晴れる気がするんよ。何十年も縛りつけられてきたあの人から、ちょっとは解放される気がするんよ。

ええ、そう。テレビで葵ちゃんを見たから、思い出したんじゃない。中学を卒業して離れてからもずっと、あの人のことを忘れたことはない。ふとしたことで、思い出しちゃう。そうすると、胸がきゅうっと苦しくなって、頭をかきむしって大声を出したくなって、どうしようもなくなるんよ。

あなたは違うん？　どうしてなん？　同じように小学校から葵ちゃんと一緒だったのに、わたしとあなた、何が違うん？

あの子と出会ったときのこと？　覚えてるよ。小学校三年生だった。はじめて、同じクラスになったんよ。葵ちゃんは可愛かったから、みんなの人気者だった。明るくて、楽しくて、そのうえ可愛いんだから、そりゃあみんな夢中になるよな。

わたしは彼女と仲良くなりたかった。同じグループに入りたかった。だから、よく話しかけたり、目を合わせたりしてたんよ。

だんだん親しくなって、互いの家にも遊びに行くようになった。だけど、近づけば近づくほど、なんだか窮屈だったんよな。子供だったから、それが何なのか、よくわからなかった。窮屈に感じることより、葵ちゃんのグループに入れた喜びのほうが大きくて、考えないようにしてたんかもしれん。

そうそう、この間、夫と友人夫婦と話をしてて、思い出したことがあるんよ。旅行の話をしてたんやけど、夫がこう言ったの。

「優美は温泉に入れれば満足なんだろうけど、俺は離島でダイビングとかトレッキングとか、そういうことにも興味があるんだよね」

わたし、温泉ばっかり行きたいなんて、一度も言ったことないんよ。夫は自分の意見のほうが意味があるとアピールするために、わたしを見下して、こんな言い方したんよ。

カチンときて、

「自分の意見は自分で言うから、勝手に決めつけないでよ」

って言い返して、はっと思い出したの。これ、葵ちゃんによくやられてたやつだわって。

「優美ちゃんは好かんやろうけど、」とか「優美ちゃんは嫌いやろうけど、」と頭につけて、わたしの好き嫌いを勝手に設定して、話を進められるんよ。「いや、そんなことない」って言う隙も与えられなくて、うぐぐって、喉のところに変な塊が収まったまま、話が進んでいってしまうんよ。うぐぐ、うぐぐって。

心の中では「そんなん言わんわ」なのに、口から出てくるのは「うん」なんよ。喉が詰まって、それしか出てこん。

そういうことが何回も、何十回も続くうちに、なんだか、自分が自分じゃないみたいな感じになっていった。

あれは何だったんやろう。別にナイフを突きつけられてるわけでも、縄で縛られてるわけでもないのに、自分で勝手にきゅうきゅうになっていったの、どうしてだったんやろう。心を操られる？　沙世ちゃんがそう言ったん？　葵ちゃんが、人の心を操るって？　わたしもそうなん？　操られてたん？　今までずっと？　何十年も？

もういや。こんなんやめたい。悔しい。葵ちゃんが憎い。今すぐ死んで欲しいわ。ものすごく苦しんで、悶(もだ)え死んで欲しい。

23　大石キラリの話 その2

また呼び出されるとは、驚いた。何かわかったんですか？　なに、他にも中井ルミンの被害者がいた？　ほうらね、やっぱり。　そんなの、わかりきったことでしょう。

さあ、教えてくださいよ。そのために連絡くださったんでしょう。何ですって？　その前に、盗作事件について聞きたい？　ああ、その話はまだしていませんでしたね。いいですよ。そっちが話してくれるなら、こっちもお話しします。サロンと揉めた一番の原因は、そこですからね。

あなたが話を聞いたっていうサロンの元会員は、どう説明したんです？　わたしが「中井ルミンがわたしの作品をパクった」と騒いだって？　馬鹿らしい。

いいですか、はじめに「わたしの作品をパクった」と言ったのは、中井ルミンのほうなんですよ。ぽかんとしてますね。そりゃそうだ、意味がわからないですよね。順を追って話しましょう。

この間あなたと会ったあと、中井ルミンとのできごとをいろいろと思い返したんですよ。そもそもどうして、彼女はわたしにあんな仕打ちをしたんだろうって、そこからね。

あのときは、本当に理由がわかりませんでした。わたしがしたことは、彼女から自分の専門分野のことを訊ねられて、自分なりに一生懸命答えた、それだけです。なのに、あの人はなぜか機嫌を損ね、直接言わずにブログに「マウントを取られて傷ついた」と書いて、わたしを責めたんです。明らかに、当てこすりです。

わたしがサロンを辞めるまで苦しんだのは、理由もわからないまま「加害者」にされたことです。何も悪いことをしていないのに責められて、謝罪させられて。傷つけられたのはこっちなのに。それが苦しくて、たまらなかったんですよ。

そんなことがあったのに、わたしがサロンに残り続けた理由が、わかりますか？ それは、彼女がほんの少しでも見せてくれる優しさが、わたしの苦しみを癒やしてくれたからです。きちんと謝ってはくれないけれど、この優しさが、彼女なりの謝罪なのではないか。そう思うことで、癒やされたんです。

だけどもちろん、本当に謝ってもらったわけではないから、心はすっきりしません。だから、もっともっとと、彼女の優しさを求めてしまう。そうして、いつまでも彼女に媚びへつらって、サロンに居続けたんですよ。ちょっとした態度からでもいいから、あの人から謝罪の意思を汲み取りたかったんです。まったく、惨めですよね。

ところで、わたしが「大石キラリ」なんて名前をつけてブログとツイッターを始めたのは、サロンに入った頃なんですよ。恥ずかしいので誰にも言わず、内緒で書いてました。ところが、そのブログに『あなたはもっと輝ける！』の感想を長々と書いたのが、本人の目に留まってしまったんです。あの人、自分は臆病者だから絶対にエゴサーチはしないって公言してますけど、しっかりやってるんですよ。

わたしが褒めちぎった文章を読んで、よほど嬉しかったんでしょうね、彼女はそれを自分のSNSで紹介しました。「深いところまで読み込んでくださっている、素晴らしいレビュー。ひとつの作品になっている」なんて、賛辞までつけてね。わたしは一人、有頂天になってました。

しばらくしてから、サロンのオンライン・ミーティングの雑談中、そのブログの話題が出たんです。彼女がSNSに書いたせいで、他のみんなも読んだんですね。中井ルミンも、そこにいました。

それでわたし、もうどうにも黙っていられなくなって、大石キラリは実は自分だと、打ち明けました。みんなびっくりして、それからわあっと盛り上がって、色々訊かれましたよ。文章を褒めてくれる人もいました。

今にして思うと、そのときの彼女の反応が妙だったんですよ。あんなに喜んでいたのに、わたしに「ありがとう」の言葉もなくて、モニター画面に映る顔が、なんというか、お面みたいに表情がなかったんです。本当に、お能のお面みたいでした。まったく、感情がないんです。

すぐに一人が異変に気がついて「ルミンさん、どうかしたんですか？」って声をかけました。「ルミンさん、画面がフリーズしちゃったんじゃない？」と言ってる人もいました。そう思うくらい、彼女は固まっていたんです。でもよく見ると、そうじゃない。みんな、ざわつきました。

変な雰囲気になったなと思ったら、彼女がふいに画面から消えました。ざわついたまま待っていると、少ししたら戻ってきたんですが、何ごともなかったかのように、いつもの表情に戻っていました。それを見て、漂っていた緊張感は消えたんです。

今のは何だったんだろう？　心に引っかかりつつも、わいわいと話が続いたので、気のせいだったのかなと、深く考えずにやり過ごしました。

これも今だから思うんですけど、あれはひとつの警告というか、あの人の悪魔性を表していたんだと思いますよ。考えてみればその直後ですもん、「次のサロンのテーマについて、相談に乗って欲しい」と、恵比寿に呼び出されたのは。

ああそうでした、盗作の話でしたよね。

彼女が事実を捻じ曲げたブログを書いたあとも、まだ未練たらしくあの女にくっついていたわたしは、完全に心を操られていたと思います。どういうふうにって、彼女の都合のいいように、彼女が気持ちよくなるように、ですよ。

そんなある日、唐突に、彼女からメールが届いたんです。

『わたしは今、とても困っています。あなたが、わたしのファンであることは承知していますが、ファンだからといって、わたしの書いたものを盗んでいいというわけではありません。今まで大目に見てきましたが、黙っていては止まらないので、意を決して連絡しました』

そんな内容でした。またしても、わけがわからない。混乱して、すぐ返信しました。

『ルミンさん、メールをありがとうございます。わたしはツイッターやブログに、日々感じたことを、下手くそな文章で書いています。そこに、何かルミンさんを不快にさせるものがあったとしたら、申し訳ありませんでした。すぐに対処しますので、教えてくださいますか？』

わたしには、何も〝盗んだ〟覚えはないので、その単語は使いませんでした。すると、

『返信をありがとう。深刻に受け取らせちゃって、こちらこそ本当に、心からごめんなさい。この通り、謝ります。ただ最近、サロンの仲間でもあるあなたが、わたしが話したことやツイッターでつぶやいたことを剽窃しているのは、悪意がないとしても、やはりわたしには心地いいものではないので、何とかしてもらわないといけないなと思ったんです。あまりにそっくりな内容過ぎて、こちらが恥ずかしくなって、ツイートを削除したこともあります』

という返信が来たんです。何のことか、さっぱりわかりませんでした。冒頭の大袈裟な謝罪も変なら、剽窃なんて身に覚えのないことを言われているのもおかしくて、頭を抱えました。

ああ、言っておきますが、わたしはあの人からの謝罪が喉から手が出るほど欲しかったわけですけど、あんなわけのわからない謝罪はいりません。彼女って、たまにこんなふう

に、馬鹿みたいに謝るんです。わかります？　本当に謝らなければならないことからは目を背けるのに、どうでもいいことには謝れるんです。それがまた、わたしをいらつかせる。剽窃は、もちろん嘘です。確かにわたしはサロンに参加し続けていたし、あの人のブログもＳＮＳもフォローしていました。だけど、「マウントを取られて傷ついた」とブログに書かれた一件以来、彼女に対する不信感は募っていたんですから、そんなものを盗んだりするもんですか。

それでも、たまたまかぶる内容でもあったのかなと、彼女のツイートを少し遡って読み返してみました。ところどころ、あれ!?　っと思う言葉がありました。確かに、以前わたしが書いたものの中に、似たような主張や表現があったかも、と思えるものが。

それで、自分のツイートやブログも読み返してみたんです。そうしたら、なんとですよ、パクッていたのは、中井ルミンのほうだったんです。わたしがブログに書いた文章の一部を、文体や言い回しをうまいこと変えて、ツイートしていたんです。ブログもツイッターも投稿の日時が出ますから、そんなもの、一目瞭然です。

頭にきてメールに返信しようとしましたが、彼女のメールに「ツイートを削除したこともあります」と書いてあるのを見て、愕然としました。わたしより先に書いていたけれど削除した、と言われてしまったら、それまでですから。

だけど、本当にわたしが盗んだって言うなら、元記事を削除するなんて、おかしな話でしょう？　でも、そう書かれてしまったら、何も言えなくなってしまう。

わたしは最後の抵抗で、サロンの運営スタッフに相談しました。ことの顚末を、全部話してね。その人は、中井ルミンがデビュー前に通っていた文芸教室から一緒だったという人だから、きっとこの恐ろしい悪魔の正体を、少しは知っているだろうと思ったんです。

ところがそれが、大きな誤りでした。話はすぐに中井ルミンに伝えられ、これまでにない酷い仕打ちを受けました。別に罵詈雑言（ばりぞうごん）を吐かれたわけじゃない。そうではなくて、じわじわ首を絞めるようにわたしを苦しめる、精神的な虐待なんです。

ひとつ、例を挙げましょうか。わたしが彼女の汚いやり方を訴えたとき、言い返された言葉です。

「自分にうしろめたいことがあると、そんなことまで言い出すんやなあ」

みんなの前で、こう言われたんです。わたしには、これっぽっちもうしろめたいことなんてないのに。

ですが、このひと言で、わたしの言葉はすべて虚言にされました。今思い出しても、内臓が煮え立って口から出てきそう。

それからはもう、あっという間に悪者の誕生ですよ。

「あいつは、ルミンさんの作品をパクってブログを書いていた」

「自分がパクっておきながら、ルミンさんに『お前がわたしの作品をパクった』と詰め寄った」

「破門を言い渡されたのに、まだサロンに居座って、ルミンさんをストーキングしている」

そんなことまで言われました。

味方が誰もいなくて、わたしは苦しさのあまり、思いをブログにぶつけました。実名を出して、中井ルミンとあのオンライン・サロンを非難したんです。

間もなくサロンの運営から、法的に訴えると通達がありました。名誉毀損だか何だか、そんなことです。わたしはそれで、黙らされました。事実しか書いていないのに、自分が有利だとは思えなかった。そんなふうに自分自身を信じる力さえ、あの悪魔から奪い取られていたんです。

この間あなたと会ったあと、こうした一連の流れをひとつひとつ思い返しながら、どうしてわたしがこんな目に遭わなければならなかったのか、何がいけなかったのか、繰り返し自問しました。

確かなことは、たったひとつ。サロンのオンライン・ミーティングで、大石キラリが自分だと告白したことが、きっかけだということです。

それでわたし、気がついちゃったんです。もしかしたらあの人、あの時点ですでに、わたしのブログから剽窃していたんじゃないかって。それを隠すために、あんな意地悪をして、わたしをあそこから追い出したんじゃないかって。

ということは、ですよ。あの人、これまでにもやってきてますよ、同じこと。ベストセラー作家だか何だか知りませんけど、盗みまくって書いてるんじゃないですか？　持っているのは文才じゃなくて、人のものを自分のものに加工する才能じゃないですか？　わたしのような、何者でもなく、自分を脅かす存在でも何でもないただの一ファンを、抵抗できなくなるほど打ちのめしたのは、わたしがそれに気づいてしまいそうだったからじゃないですか？

ねえ、自己愛性パーソナリティ障害って知ってますか？　あなたのせいで中井ルミンとのゴタゴタを思い出してしまって、あの頃の苦しみがぶり返したとき、偶然映画を観たんです。人間の感情を持たない、サイコパスを描いた映画でした。主人公は残虐な殺人鬼でしたけど、彼のその性質の特徴が語られる場面で、あれ、これ中井ルミンと同じじゃん、て思ったんです。それで、サイコパスについて調べていたら、自己愛性パーソナリティ障害っていう病気が出てきたんです。その特徴、まんま、中井ルミンのことでしたよ。同じ悩みで苦しんでいる人、わたしだけじゃなかった。もっと早く知りたかったです。この病気を知ってから、ちょっと楽になりました。もちろん、あの人を許す気持ちにはなれませんけどね。

調べてみてください、いくらでも情報が出てきますから。

24

チャコのYouTubeチャンネル『自己愛性パーソナリティ障害の巻』

今日も恋バナ！　チャコです。

いつもは恋愛話をしてるチャンネルなんですが、今日はタイトルどおり、『自己愛性パーソナリティ障害』について、お話ししますよ。

最近この病気について、ネット上にいろんな情報が出てるから、すでに知ってるよって人も多いかと思います。

でもね、今回あえてチャコがこれを取り上げるのは、この『自己愛性パーソナリティ障害』が、実は恋愛にとっても関係あるからなんです。

なぜかと言うと、『自己愛性パーソナリティ障害』って、皆さんよくご存じの「モラハラ」に、とっても深く関わっているからなんです。というか、モラハラさんのほとんどが、『自己愛性パーソナリティ障害』だと言われてます。

ね？　気になるでしょ？

パートナーのモラハラに悩んでいる方、だけでなく、職場でパワハラをされている方、身近にモラハラ気質っぽい人がいて苦しんでいる方、必見です！

最後には、克服事例もご紹介しますので、どうか最後までご覧いただいて、「いいね」や、チャンネル登録をお願いしま〜す！

＊

というわけで『自己愛性パーソナリティ障害』ですけども、実はチャコ、間違いなくあの人そうだったな〜って人と、過去に友人関係だったことがあります。そこそこの被害にも、遭ってます。それで、『自己愛性パーソナリティ障害』については、以前から、ちょこちょこ調べてました。

すぐにチャンネルで取り上げなかったのは、やっぱりね、いろいろと、センシティブな分野なので、調べれば調べるほど、慎重に扱うべきだなという、チャコなりの配慮というか、考えがありました。

で、素人なりに調べ尽くした感もありまして、いよいよ、これについて皆さんにシェアしたいなと、思うにいたりました。チャコは専門家ではございませんので、いろんな本とかサイトを参考にさせてもらってます。

まずは『自己愛性パーソナリティ障害』とはなんぞや、ってことを、説明しますね。

『自己愛性パーソナリティ障害』は、精神障害のひとつです。精神障害って言われると、オッと引いちゃいそうになりますけど、皆さんがよく知っているものだと、鬱病とか統合失調症、ＰＴＳＤ、薬物やアルコールの依存症もそうなんですね。あとこれ、チャコびっくりしちゃったんだけど、パニック障害も精神障害に入るんですって。

ということで、パニック障害持ちのわたくしチャコ、なんと精神障害者でした！

いやあ、精神障害って、幅広いんですね。

で、その中に『パーソナリティ障害』っていうのがあります。昔は『人格障害』とも言ってたらしいんですけど、「人格に障害」って言っちゃうと、ちょっと……、ってことで、パーソナリティに変えたらしいです。

パーソナリティって、人格の他に、性格って意味もあるでしょ？　そっちで考えると、わかり易いです。

性格。つまり、物ごとの捉え方とか、考え方、あと行動、そういうもののパターンのことだと思ってください。そのパターンって、一人一人違いますよね? それが「個性」です。パーソナリティ障害っていうのは、このパターンの部分に、問題がある病気なんですって。たとえば、恋人ができると、いつもヤキモチを妬いちゃう。このパターンは、個性の範疇。でも、恋人ができると、いつも殴っちゃう、とか、監視したり監禁したりしちゃう、なーんていうパターンは、異常ですよね。

こういう、許容範囲を越えた、著しく偏ったパターンが長期間続いて、対人関係や社会生活に支障をきたすようになってくると、病気ということになります。

さて、この『パーソナリティ障害』は、大きく三つに分類されます。ここを詳しくやっちゃうと、長くなってしまうので、ざっくりにとどめますね。

奇妙で風変わり、が特徴の《A群》。

演技的、感情的、が特徴の《B群》。

不安や恐れを抱いているのが特徴の《C群》。

『自己愛性パーソナリティ障害』は、このうちのB群に入ってきます。

Ｂ群には他に、反社会性パーソナリティ障害、境界性パーソナリティ障害、演技性パーソナリティ障害、などがあります。

ちなみに、『反社会性パーソナリティ障害』って、いわゆるサイコパスのことです。ちょっと怖くなってきましたね。サイコパスと同じ分類に入ってますよ、『自己愛性パーソナリティ障害』。

ああ、今「わかる〜」って、被害に遭ったことのある人たちの声が、聞こえてきましたよ。

＊

ここでいきなりですが、『自己愛性パーソナリティ障害』の診断テストをしてみましょう。今から挙げる九つの項目のうち、五つ以上当てはまったら、この病気と診断されるそうですよ。

メモの用意はいいですか？　では、いってみようっ！

①自分が偉くて、重要人物だと思っている。

②自分が途方もない業績、影響力、権力、知能、美貌、そして完璧な恋愛を手に入れられる、という幻想を持っている。
③自分が特別な存在であり、最も優れた人々とのみ、つき合うべきであると信じている。
④いつも、他人の称賛を必要としている。
⑤すべてが自分の功績だと思っている。
⑥人間関係の中で、他者を利用することしか考えない。
⑦他人に共感することができない。
⑧他人に嫉妬することが多い。また他人が自分に嫉妬していると思い込んでいる。
⑨傲慢、横柄である。

さあ、だんだんわかってきましたね。

今度は、チャコが体験した具体例を挙げますよ。こっちのほうが、よりわかり易いと思います。

・人を「無視」する。

・**不機嫌になって、周囲の人に機嫌を取らせる。**
・**他人が主役になると、ヘソを曲げる。**
・**特別扱いを要求する。**
・**「感謝」を要求する。**
・**謝らない。**
・**非を指摘されると「あなたが誤解しているだけ」と、相手の非にする。**
・**自分の非を他人に投影し、批判する。**
・**自分への批判や反論は即「攻撃」とみなして、臨戦態勢になる。**
・**勝つまで闘う。**
・**自分の思い通りにならない相手を責め、罪悪感を植えつける。**
・**異常に頑固。**

きりがないので、このへんでやめておきますね。

この病気に大きく関わっているのが、「自尊心」です。彼らはもともと異常に自尊心が小さく、さらに傷つき易いんです。今挙げたような問題行動は、彼らが、自尊心が傷つかないように、自己防衛としてい、無意識にとっているものなんですね。

そして、ここがちょっと複雑なんですが、彼らが守り固めた自尊心は、どんどん肥大していってしまうんです。

自尊心が傷つき易いということは、ありのままの自分を好きになれない、自信もない、ということ。でもそれとは裏腹に、肥大した自尊心は、根拠のない自信も生みます。「わたしは特別だ」という特権意識は、そこからくるんですね。

例えば、普通、自分が好きなアイドルや芸能人を、他の誰かが好きじゃなくたって、どうってことないですよね？　好き嫌いは人それぞれなんだから。でも自己愛さんは、自分が愛着を持っているものを否定されただけで、自尊心が破壊されてしまいます。そして同時に、特別な存在である自分が好きなものを否定した相手を、許しがたい敵とみなし、怒りを爆発させるんです。

大丈夫？　ついてこられてますか？

自己愛さんは、自分が望まないアプローチは、すべて「攻撃」と捉えます。これも、傷つかないための防御なんでしょうね。とにかく、不快なものはなんでもかんでも「攻撃」とみなします。そのたびに、本人は「被害者」になります。そこで必然的に、実際は何も起きていないにもかかわらず、無実の誰かが「加害者」にされてしまうわけです。

自己愛さんの被害に遭った人は、たいていこの「加害者」とされてしまったことに、苦しめられます。わたしも、そうでした。

本当はこっちのほうが、メッタメタに斬り刻まれているのに、なぜか罪悪感を植えつけられて、謝らされてばかりいる。

本当にこれ、しんどいです。病気になってしまう人もいるっていうの、よくわかります。

それから、称賛を求めるとか、不機嫌になって機嫌をとらせるとか、自分を正当化するために他人を平気で傷つけたり、記憶の改竄(かいざん)までする、なんていうのも、彼らが、自分の自尊心を守るためにしていることなんです。そうすることで、自尊心を、赤ちゃんみたいにあやしてるんですね。

そう、彼らは、自分自身では、自分の自尊心を保てないんです。他人に褒めてもらう、他人に気遣ってもらう、他人にちやほやされる、他人を思い通りに操る、他人を服従させる、などなど、そうやって他人を利用しないと、自分が保てないんです。

だから、褒めてもらうために頑張るし、気遣ってもらうために弱者にもなるし、ちやほやされるために着飾るし、泣いたり怒ったりして人を操るし、責めまくって謝らせて服従させる。それが日常なんです。

さっきちらっと言いましたが、記憶の改竄、これもタチが悪いです。チャコ自身が体験した、実例を挙げますね。

自己愛の友人からターゲットにされて、苦しんで、彼女と距離をとろうとしていたときのことです。仲間数人で食事をする機会があったんですけど、そこで彼女がいきなり、わたしに向かってこう語りだしたんです。

「チャコちゃん、わたしのこと、こんなに純真で繊細な人はいないって、言ってくれたよね。ずっと守ってあげるって、言ってくれたよね。本当に嬉しかった。ありがとう」って。そして、おいおい泣きだしたんです。仲間たちもなぜだか感動して、もらい泣きしてる人までいました。

怖いのは、わたしには、そんなことを言った記憶が、まったくないってことです。でも、感動的な雰囲気の中で涙ながらに「ありがとう」と言ってくる人に向かって「そんなこと言ってない」なんて、とても言いだせませんでした。貶されているならともかく、感謝されてるんです。仲間たちも、キラキラした目でわたしを見つめてるし。

そのうちチャコ、

「あれ……そんなこと、あったかも……?」

なーんて、だんだんとそういう気持ちにさせられちゃって、ますます何も言えなくなりました。まんまと、操られちゃったんです。

チャコって、ターゲットにし易かったのかもしれません。自己愛さんの特徴のひとつに「共感力の欠如」があるんですが、その反対、つまり「共感力が過多」の人は、そこにつけこまれて、利用されちゃうんです。相手が一言ったら十理解しようとする、そういうところが、仇になる。気をつけてね。

さて、チャコの場合は友人だったので、さっさと離れられましたが、これが恋人とか、パートナーだったら、しんどさは、何倍も大きくなります。想像つきますよね?

恋愛の魔法にかかった状態だと、前提として「好意・愛情」という、ぶっとい鎖が巻かれてます。

この鎖で互いを縛り合ってる状況では、どうしても近視眼的になってしまって、理不尽に傷つけられても、心を操られても、相手よりも自分を責め易い。

何度も言いますが、自己愛さんの手にかかれば、何も悪いことをしていなくても、罪悪感を植えつけられちゃうんです。恋愛相手からそれをされたら、どうなると思いますか？

というわけで、恋人が自己愛さんだった場合、まずは恋を冷まさなければ始まらないわけですが、これが難関です。周囲が何と言おうと、物理的に引き離そうと、恋の魔法が効いている間はどうすることもできません。世界中の人たちが「あいつ、やばいよ」と忠告したって、被害者さんは相手を庇い、「悪いのは、わたしなの」って言うでしょう。

お友だちにそんな人がいたら、根気強く、その人の身に起きていることが、その人の責任じゃないんだってことを、言ってあげてください。いつか恋の魔法が解けたとき、相手のモラルハラスメントだったたと、きっと気づいてくれます。

さあそして、気づいたのなら、逃げましょう。

もう一度、言います。逃げましょう、一刻も早く。

その病気は、治りません。そばにいる限り、そいつの自尊心をあやすために利用され、ズタボロにされます。「いつかいい人になってくれる」は、ありえません。

セラピーとかで、治療できると書いてある本もあります。でも、チャコが調べた限り、セラピーを受けて治ったという自己愛さんの例は、皆無です。当たり前ですよね、自己愛さんは絶対に、自分がそんな病気だなんて認めないですもん。

言っておきますが、自己愛さんに「あなたは自己愛性パーソナリティ障害だから、病院へ行け」なんて、絶対に言ってはだめです。問題がこじれるだけで、何も解決しません。

自己愛さんは、自分に非があるとは、何がなんでも認めません。そんなことをしたら、自尊心が傷ついてしまうからです。そしてそれは「負け」を意味するからです。

自己愛さんの価値観は、勝ち／負けです。0か100です。そして、自分は常に「勝ち組」にいなければなりません。そうでなければ、自分を愛することができないからです。

ですから、どれだけ信頼している人からであっても、「セラピーを受けてみては？」なんてアドバイス、当然受け入れられないんです。むしろ、そんなことを言ってきた相手に怒りを覚え、お前のせいで傷ついたと言って責め抜き、相手に謝罪させて、「ああ、相手が謝った。やっぱりあっちが悪かったんだ。わたしは間違っていなかったんだ。わたしは勝ったんだ」と、心穏やかになって、おしまいです。

だから、離れるしかないんです。

とは言っても、相手が肉親だった場合、難しいですよね。どうしたらいいんでしょう。

残念ながら、チャコは答えを持ってません。

ただひとつ、希望を持てる事例を知っています。それこそが、わたしが今日、このテーマを取り上げた理由です。最後に、そのお話をしたいと思います。

＊

自己愛性パーソナリティ障害について、あれこれ喋ってきましたが、最初の診断テスト、覚えてますか？　やってみた方、結果はどうでしたか？

実はですね、わたくしチャコ、九つの項目のうち、なんと立派に五つ以上当てはまっちゃったんですよ～。

と言っても、今のわたしではありません。かつてのわたしです。まだこの病気のことなんか知らなかった、ずっと昔のチャコです。

若かった頃のわたしは、自分は特別だと思っていて、特に子供の頃は、自分のことを、世界一可愛くて賢くて魅力的な人間なんだって思ってました。笑っちゃうんだけど、本気でそう思ってたんです。

さっきも言ったように、わたしは他人への共感についてはやや過多なので、一方では自己愛さんのターゲットになり易かったわけですが、もう一方で自己愛の傾向が強かったわけです。

だからね、自己愛さんが自分の自尊心を守るためにやってしまういろんな困ったこと、さっきつらつら挙げましたけど、わたし自身が、その理由をうっすら理解できちゃうんです。かつての自分がそうだったから。

ではなぜ、どうやって、それを克服したんでしょうか。

先に答えを言いますと、ズバリ「恋愛」です!

さあ、やっと、いつものチャコ・チャンネルらしくなってきましたね。恋バナ、しましょう。


二十代の頃、当時の恋人とデート中、とても不愉快な思いをしたことがあるんです。映画館で映画を観てるとき、彼が寝ちゃったの。チャコは恥ずかしくて、肘で彼をぐいぐい押して起こしました。でもそのあとも、彼は何度もこっくりこっくりしちゃって、わたしはそのたびに、彼を突ついて起こしました。

映画館を出たあと「まったく、恥ずかしいな」って文句を言ったら、彼がこう返してきたんです。

「俺が夜勤でほとんど寝てないの、知ってるよね？　だったら、どうして寝かせておいてくれなかったの?」

びっくりしました。そんなこと、考えつきもしなかったからです。自分は恥をかかされたって思ってて、当然彼は謝ってくると思ってたんです。

チャコ、そこではじめて、隣で寝ている彼に、優しく肩を貸してあげる自分の姿を想像しました。そしてさっきの、ムカムカしながら目を吊り上げて、彼を起こしていた自分を思い出して、その異常性に気がついたんです。

それ以降、自分に生じる不愉快な感情を、一歩下がって観察するようになりました。

これが、第一ステップ。

数年後、チャコは別の男性とおつき合いしていました。あるとき何かで言い合いをして、わたしは何か喚(わめ)き散らしてたんだけど、彼から静かにこう言われたんです。

「君は、人から間違いを指摘されたり、自分の意見に反することを言われたりすると、カッとなって怒るよね。そういうときの口癖は、いつも『だって』だ。だって、だって、と言って、言い訳をまくしたてて、人の話を聞かない。意見を聞き入れない。非を認めない。謝らない。君にはいいところがたくさんあって、僕は大好きなんだけど、そういうところが、とてももったいないと思う。せっかく、自分をより良く成長させられるチャンスを、みすみす逃してる。とても損してると思うよ」

「だって」と言いそうになって、口をつぐみました。ガーンと、頭の中で鐘が鳴ってました。本当に、わたしはいつもそうだったんです。

言葉を呑み込みながら、また想像しました。人の意見を素直に聞く自分、間違いを認めて反省する自分、謝る自分。そして、本来わたしはそういう人間でありたいと思っていたことを、はっきり意識したんです。

チャコはそのとき、これからは人から何か意見をされても、決して「だって」で応じないと、自分に課しました。

これが、第二ステップ。

もちろん、すぐにすんなりできたわけではありません。でも、何度も我慢して繰り返すうち、できるようになりました。自然に、謝れるようになりました。

そうなってはじめて、ものすごく楽になったことに気がついたんです。ずいぶん難儀な生き方をしてきたんだなあって。着込んでいた重たい鎧(よろい)を脱いだような気分でした。代わりに、軽やかで柔らかでどんなことにも対応できるショールを一枚ふわっと羽織ったような、そんな感覚でした。

やったことは、「自分の不愉快な感情を、一歩下がって観察する」ということと、「人から間違いを指摘されても、言い訳で応じない」ということの、二つだけです。

なぜこの二つだけで、あの難しい病気を、克服できたんでしょうか。

これはチャコの素人考えですが、メタ視点で自分や周囲を観察したのが、よかったんじゃないかって思います。

自己愛さんて、ものすごく頑固というイメージがあります。視線はいつも自分の中心に向かっていて、外に向かう視線は「警戒」だけ。いつも「自分、自分、自分」な感じで、凝り固まってる。

メタ視点を持つと、世界の中の自分を意識できます。もう一人の自分が、自分を愛(いと)おしく眺めたり、大事に思ったりできる。関わってくる人たちに対しても、敵か味方か、ではなくて、血の通った、複雑な感情を持った人間として、尊重する気持ちを持って眺められる気がします。それが、チャコの自尊心をまっとうにするのに、役立ったんじゃないかって思うんです。

どうでしょう、専門家の方。「ちげーよ」と思ったら、遠慮なく、厳しいコメントください。

さっきも言いましたが、チャコは物心ついた頃から、自分を「特別な人間」だと思っていて、きっとスペシャルな人生を送ると、信じていました。根拠なんかないし、学校に行けば、自分より美人な人も、頭がいい人も、人気者も、何人もいたのに、なぜか自信満々でそう思っていたんです。我ながら、不思議です。

自分は特別だと思っているから、そのように扱われないと辛い。一番でないと苦しい。負けは認められないし、非難は受け入れられない。自分のそういう性質が、周囲の人を苦しめているなんて、微塵も想像できない。誰よりも辛いのは、自分なんだもの。

今思い出しても、胸が苦しくなります。

チャコが抜け出せたのは、恋人の言葉に耳を傾けたからです。それまで決してできなかった、人からの忠告を素直に聞く、ということができたのは、恋愛の力、恋愛の魔法と言うほかありません。

恋愛って、素晴らしいですね。

もちろん、チャコは完璧な人間ではありません。今でもちょっとしたことで不機嫌になるし、人を傷つけてしまうこともあります。まだまだ、精進は続きます。温かく見守ってくださいね。

＊

ということで、今日はお別れです。

『自己愛性パーソナリティ障害』や『モラハラ』について、チャコは今後も調べていくつもりです。ご意見や体験談などありましたら、コメントくださいね。

ではまた、このチャンネルでお会いしましょう！

25 倉田理美さん追悼文集への中井ルミンの寄稿『倉田理美さんの愛』

《はじめまして、倉田理美と申します。フリーランスで、編集者をしております。

このたびは、中井さんに原稿依頼をしたく、ご連絡差し上げたかったのですが、このブログのコメント欄しか、連絡方法を見つけることができず、こちらに書かせていただきました。

中井さんのブログを、いつも楽しく、また心震わせながら、拝読しています。日常のささやかなできごとから、中井さんが拾い上げる物語は、いつしか自分の物語のように心に滲(し)み込み、大事な宝物になっています。

中井さんの言葉のひとつひとつに、愛がある。わたしは、そう思います。その愛を、一(いち)頁(ページ)紡いでいただきたい企画があるのです。

わたしの個人サイトのほうに、メールフォームがございます。以下に、アドレスを貼っておきます。

もし、ご興味をお持ちいただけましたら、大変お手数をおかけしますが、そちらからご連絡ください。依頼の詳細を、すぐにお送りいたします。倉田》

これが、理美さんからわたしへの、ファーストコンタクトでした。このコメントを読んだときのことは、今も鮮明に覚えています。

いたずら？　と思いながら読み進め、すぐに「違う」とわかりました。理美さんの文章にこそ、言葉にこそ、愛が詰まっていたのです。

すぐに連絡し、会うことになりました。

待ち合わせに現れた理美さんを見たときの、胸のときめきは忘れません。センスのいい装い、柔らかな物腰、美しい言葉使い、そして何より、わたしへの愛情。そのひとつひとつが、輝いてそこにあったのです。

こんなふうに書くと、誤解を招きそうですが、本当に、わたしはそのとき、彼女の愛を感じました。

長いこと書き綴っていた素人のブログを、彼女はすべて読んでくれていました。それだけではありません。何度も読み返していたのです。それは、二人で五時間近く話している中で、よく、よく、わかりました。

そう、五時間！

わたしたちは、初対面とは思えないほど打ち解けて、気がつけば、五時間もの間、同じお店で話し続けていました。

なぜ、そんなことができたのか。

彼女の愛を浴びるように受けて、わたしもまた、愛によって応えていたのです。この人の役に立ちたい！　と、全身で彼女に応えていたのです。

今、目を閉じて思い出すのは、理美さん、あなたの真剣な眼差（まなざ）しです。

フリーランスの編集者という厳しい世界の中にありながら、あなたはいつもしっかりと、その眼差しを女性たちに向け、意義ある発信をしていきたいと語っていましたね。

あなたの熱い思いに応えたいと、わたしは生まれてはじめて、文章で仕事をするということに挑戦しました。そう、あれは挑戦でした。

あなたにしたって、ど素人だったわたしを使うことは、大挑戦だったでしょう。勇気のいることだったと思います。

でも、あなたは、わたしを信じてくれた。また、わたしもあなたを信じた。

掲載雑誌が発売になった日のこと、覚えていますか？

あらかじめ、出版社から見本誌は届いていましたが、わたしたちはあえてそれを見ず、発売日に二人で書店に買いに行こうと、約束しました。

新宿の紀伊國屋書店本店。一階のエスカレーター脇に立って、あなたを待っていたあの時間、人混みと喧騒でいつもは頭が痛くなってしまうあの街の景色が、あの日はキラキラときらめいて見えました。

二人で店内に入り、掲載雑誌『Shirley』を手にとり、ページを見つけたときに、思わず上げてしまった大歓声！

他のお客さんたちから、怪訝(けげん)な顔で見られて、笑いをこらえるのに必死でしたね。

それから二人でゴールデン街へ行き、あなたの知っているお店で、遅くまで語りました。

あなたはそのとき、わたしのブログを本にしたいと、言ってくれましたね。そしてそれも、あっという間に実現してくれました。まるで、魔法のようでした。

思えば、わたしはあのときあなたがかけてくれた魔法が解けぬまま、今も書き続けているような気がします。

そんなわたしたちですが、あなたの晩年、関係がぎくしゃくしてしまいましたね。あのときわたしは、あなたがわたしに対する情熱を失ってしまったのではないかと、疑いました。本当に、愚かでした。

きっかけは、わたしが、下手くそな小説の原稿を、お渡ししたことでした。ずっとエッセイを書いてきて、他の道も探りたくなってきた頃のことです。欲が出たのです。しかしどうしていいかわからず、あなたに甘えっぱなしだったわたしは、躊躇することなく、またあなたに甘えたのです。

あなたの評価は、とても厳しいものでした。

プロの編集者として、当然のことだったかもしれません。しかし、あなたには「愛」しかないと信じていたわたしにとって、それはひときわ厳しい、一発の鞭でした。

大袈裟でなく、わたしは絶望し、あなたを呪いました。それだけ、あなたはわたしにとって、大きな存在だったのです。それだけ、あなたの「愛」は、わたしにとって、絶対的な力を持っていたのです。

それが、失われたと思ったのです。これからは、あなたの愛なしで、一人ぼっちで、やっていかなければならないのだと。

いったい幾晩、ベッドの中で悶え苦しんだことでしょう。悶えながら、わたしはあなたからの、優しい慰めのひと言を、ずっと待ち続けていました。

ところが、それがもたらされることは、ありませんでした。わたしはまったく知らされていませんでしたが、あなたは、病に倒れられていたのです。

わたしがそれを知ったのは、あなたが病床に伏してから、何か月も経ったあとのことでした。

ついこの間まで、「双子みたい」と言われるほど仲がよく、あなたとしょっちゅう一緒にいたわたしなのに、あなたの最悪な状況を、誰も教えてくれませんでした。

すぐにお見舞いに駆けつけたい気持ちの裏側で、わたしはその意味を考えました。あなたがわたしに、病を隠した意味です。

病で弱っている姿を、わたしに見られたくなかった。

本当に、心から、わたしへの愛情がなくなってしまった。

厳しい評価をしてしまったことを悔い、恥じ、わたしに顔向けができなかった。

伝えたくてもそうできないほど、病が重かった。


いったい、真実はどうだったのでしょう。今はもう、答えてくれる人はいません。


結局、わたしはお見舞いに行きませんでした。

考え抜いた結果、そうしたのですが、あなたはわたしを、冷たい人だと思っていますか？

わたしが到達したのは、「見舞いに行く行かないで、壊れてしまうようなわたしたちじゃない！」という、強固な思いでした。

複雑な気持ちを持って、呪ったり恨んだりしたあなたのことを、それでもわたしはずっと、忘れることがなかったのです。見放されたとわかったあとでも、ずっと、ずっと、あなたはわたしの中にいました。あなたの「愛」は、わたしの書く原動力になっていました。

そのことに思い至ったとき、目の前にあった霧が、さーっと晴れたのです。ぐずぐず考えて淀(よど)んでいた心の中に、爽やかな風が吹いたのです。

それからは、わたしは毎日、あなたの快癒を祈りながら、一生懸命仕事に励みました。おかげで、二冊目の本も出すことができました。

そろそろ、最後の話をしなければなりません。追悼文集への寄稿文だというのに、なぜだか、これであなたとお別れするような、寂しい気持ちです。

あの日の朝は、前の晩遅くまで執筆していたにもかかわらず、夜明けとともに目覚めました。

二度寝しようとしましたが、なぜだか目が冴え渡って、眠れる気がしません。

思い切って、よいしょっと、ベッドを下りました。スリッパを履いて、窓際に行き、朝日が当たっているカーテンを、思い切り開けました。窓も全開にしました。網戸も開けました。

東を見ると、ビルとビルの間から、お陽さまが顔を出したところでした。ピンクがかったオレンジ色の光線が、後光のように広がって、世界を照らそうとしていました。

朝日の温(ぬく)もりを孕んだ柔らかな風が、ふわりとわたしの頬を撫(な)でました。

そのとき、わたしには聞こえたのです。懐かしい、あなたの笑い声が。紀伊國屋書店で肩を叩き合いながら笑い転げた、あの笑い声が。はじめて会った日、五時間経っていることに気がついて、顔を見合わせて笑ったときの、あの笑い声が。わたしの本が出版されたとき、嬉しくて嬉しくてと、泣きながら笑っていた、あの笑い声が。

その日、あなたが身罷（みまか）ったことを知りました。

わたしは今も、あの笑い声がしないかと、ときどき窓辺に立ちます。でも、あれから二度と、そんなことは起こりません。

きっとあのとき、あなたはわたしに、お別れの挨拶をしに来てくれたのですね。

さようなら。そして、ありがとう。

あなたの笑い声から、そんな言葉が聞こえていた気がします。

そしてわたしも、昇っていく朝日に向かって、あなたに精一杯の感謝を送っていたように思うのです。

理美さん、あなたの愛は、今もわたしの中で生き続けています。本当に、どうもありがとう。安らかに。

26　倉田友昭の話　その2

読みましたよ、中井ルミンが書いた追悼文。

こんなことをするなんて、やっぱりあなたも、あの悪魔と何かあったんでしょう？　あいつに報復するために、追悼文集なんてでっちあげたんでしょう？

何を企んでいるんです？　話してくれたっていいじゃないですか。僕はあなたの仲間だ。あいつに一矢報いてやりたいんですよ。やりましょうよ、一緒に。僕らがやらなければ、また理美みたいな被害者が出ますよ。今この瞬間だって、苦しまされている人がいるはずです。

僕はね、あなたが送ってくれた中井ルミンの文章を読んで、理美の本当の苦しみが、あらためてよくわかったんです。よくもあんなことを書けたもんだ。許せない。

中井との関係に悩んでいた頃、理美がこう言ったことがありました。

「わたし、ルミンさんにとって、毒なんだと思う」

どういう意味なのか訊ねると、

「わたしが関わると、彼女は必ず、激しく傷ついてしまうの。こちらにそんなつもりはなくても、思わぬことで、わたしは彼女を深く傷つけてしまう」

って言うんです。

たとえばどういうことで？　と訊いても、ただ頭を振るばかりで。そして、こんなふうに続けたんです。

「わたしって、普通の人間じゃないんだよ。配慮に欠けていて、尊敬の念に欠けていて、感謝が足りなくて……。ルミンさんが言うには、わたしのそういうところが、人をとっても傷つけているんですって。普通のまともな大人なら、誰もがきちんと身につけているそういうものを、わたしは持ってないんですって。そんな非常識な人間は、彼女の周りでは、わたしだけなんですって」

そう言って、打ちひしがれていました。

女ってのは「親友」なんて呼び合いながら、酷いことを言うもんだなと、あの頃はそう思っただけでしたけど、今はわかりますよ。「配慮に欠けている」「尊敬の念に欠けている」「感謝が足りない」って、つまりは「謝れ」「称えろ」「感謝しろ」ってことでしょう？　人の感情を要求してるんだ。言ってみれば、〝感情のタカリ屋〟ですよ。そうやって人にタカらないと何にもない、空っぽなやつなんですよ、あの悪魔は。自分じゃ満たせないから、理美を利用してたんだ。そんな要求に、応える義務なんてなかったのに。

「てめえの空虚な心は、てめえで満たせ！」

　理美は、そう言い返してやるべきだったんだ。

だけどあの頃、僕は「全然そんなことないよ。理美はちゃんとした人だよ」くらいしか、言ってやれなかった。すると理美は、

「だから、毒なんだってば。あなたや他の人には害はないかもしれないけど、ルミンさんは違うの。あの繊細な人にとっては、わたしは毒物なんだよ」

　そう言って自分を責めて、苦しんだんです。

　弱っていく彼女が心配で、何度も中井から離れることを提案しましたよ。でも、だめでした。

「あなたはルミンさんを知らないから、そんな酷いことを言うの。彼女は正しい人なんだよ。わたしは、自分が正しいと思う人と友だちでいたいだけ。だって、そうすれば、わた

し自身がもっと良くなれるでしょ？」

そんなふうに返されると、本人がそう言うなら仕方ないって思っちゃって。妻の友人関係に、夫がしゃしゃり出るのもよくないと思ったし、それ以上は言えなかった。後悔しています。

理美はね、あんな目に遭いながら、死ぬまで中井ルミンへの憧れを捨てられなかったんですよ。きっと心の隅のどこかでは、恨んでいたはずです。でも離れられなかった。彼女にとって、中井の叱責は「愛情」だったんです。

「ルミンさんは、わたしのためを思って言ってくれてるの。いつでも人の思いに真摯に向き合っているルミンさんだからこそ、親友の欠点に気がつくの。そして、親友を大切に思うからこそ、厳しいことも言う。ありがたいことなんだよ」

「あなたのためを思って」は、あの悪魔の口癖です。

あいつが傷つくたびに、理美は何度も謝罪して、そのあと感謝していました。まったく、馬鹿ですよ。でもそうしなければ、自分の中で辻褄（つじつま）を合わせられなかったんでしょう。そしてそれこそが、理美の苦しみだったんです。愛する友だちが自分のためにしてくれていることに、感謝しながらも苦しく感じてしまう。そんな自分を責めていたんですよ、理美は。

あの頃に気づいてやれなかったのが、返す返すも無念です。

教えてくださったYouTubeチャンネル、見ましたよ。あれ、まさしく中井のことじゃないですか。もっと早く、知りたかったです。ああいう病気があると知っていたら、理美はどれだけ楽になったか。目も覚めて、あいつから離れることだってできたでしょうに。口惜しいですよ。

いろいろ、本も読んでみました。あの当時はよくわからなかったことが、光が差し込むように見えてきました。

たとえば、あの病気の人がよく使うっていう「ガスライティング」を知ってますか？誤った情報を与えることで、ターゲットを精神的に追い詰めていくんです。アメリカの古い映画のタイトルだそうですよ。僕は観たことはありませんが、ガス燈の光を使って夫が妻の正気を失わせていくって話だそうです。

餌食になった人は、事実と違う情報を「事実」として伝えられたり、事実を「誤り」と伝えられることで、自分の認識を信じられなくなって、不安でおかしくなってしまうんです。

不安は、人を弱らせます。何かにすがりたくなって、コントロールされ易くなる。

今にして思えば、理美があの悪魔に最初にされた「無視」も、彼女を不安に陥れるものでした。その後も、身に覚えのないことで叱責されたり、冷たくされたりすることで、理美をどんどん不安にさせていった。やつは、そうやって理美を弱らせて、支配したんだ。

あの悪魔は、呼吸するようにそんなことができるんです。

あなたが僕と組まないっていうなら、いいですよ、一人でやりますから。何をって、復讐に決まってるでしょう。何もかも暴いて、告発してやりますよ。

27 わたしから中井ルミン宛ての手紙

中井ルミン様

マナです。先日は倉田理美さんの追悼文集へのご寄稿、ありがとうございました。
次は出来上がった追悼文集をお送りする約束でしたが、実は文集は作っていません。誰にも邪魔されずにあなたに手紙を届けるために、嘘をつきました。あなたが、見知らぬ人からのメールや手紙を第三者にチェックさせ、内容によってはその段階で破棄させていると知ったからです。

この手紙を、中身を読まずにあなたに渡してくださったはずの白川さんは、何もご存じありません。わたしが理美さんの友人だと偽ったのを素直に信じ、親切心からあなたに繋げてくださっただけですので、どうか責めないでください。

わたしは、理美さんとお会いしたことはありません。彼女のことは、オンライン・サロンの堂本さんから聞いて知りました。堂本さんのことは、岡田文芸教室で聞きました。岡田文芸教室は、プライバシーに関してほとんどのことを隠しているあなたが、雑誌で公表した数少ない個人情報でした。でもわたしは、もっとずっと以前から、あなたを知っています。

わたしが誰だかわかりますか？　森葵さん。

旧姓は霜田（しもだ）だと言ったら、わかりますか？　マナは漢字で真那と書くと言ったら、わかりますか？　小中学校で同級生だったと言ったら、思い出しますか？　わたしは地味な子供でしたから、覚えていないかもしれませんね。直接会ったら、思い出してくださったでしょうか。それとも、あの頃よくしたように、またわたしを無視したでしょうか。

先に中井ルミンを見つけたのは、姉です。美容院でたまたま広げた雑誌『Shirley』に、あなたが載っているのを見つけ、わたしに教えてくれたのです。

「名前は変わっているけれど、確かにこの人よ」

その女の顔を見てみたかったわたしは、電話を切るとすぐに書店に走り、雑誌を確認しました。

どれだけ驚いたことか。そこにいたのは、森葵さん、あなただったのです。

何十年ぶりに見る顔でしょう。それなりに年をとり、あの頃とはずいぶん雰囲気も変わっていましたが、忘れることのできない目つきは、そのままでした。

かつて、わたしの世界を牛耳っていた人。わたしの心を乗っ取って、操った人。可愛らしくて、賢くて、魅力に溢れた憧れの人。あなたを怒らせ、クラスメイト全員から「見えない」ことにされたときの恐怖と、土下座して許してもらったときの至福の喜びを、一瞬にして思い出して身震いしました。

最初の記憶は、小学二年生のときのことです。クラスメイトの一人が持っていた人気キャラクターの消しゴムを、こっそり取ってこいと、あなたに命じられました。いたずらのつもりで、わたしは言われたとおりにしました。あなたはそれを自分のポケットに入れながら、わたしを上目遣いに見て「ドロボー」と囁きましたね。その瞬間、頭が真っ白になったのを覚えています。そこに、

「いいよ、黙っててあげる」

という声が、砂粒のようにざらざらと入り込んできたことも。

それからずっと、中学を卒業してあなたと別れるまで、わたしの頭の中は真っ白のまま

だったのだと思います。

それからあなたについて調べ、あなたのブログを読みました。どれも感動的で、素晴らしい内容でした。あなたの眼差しは常に温かく、紡ぎ出す言葉は読む人を優しく包み込み、勇気づけ、前向きにさせます。

なぜこんなことを書けるのか、不思議でなりませんでした。なぜなら、わたしが知っているあなたは、それとは真逆の人だからです。あなたは世間を欺いている。そう思いました。ほどなくして、あなたが本を出版し、それに合わせて読者を集めたパーティを開くと知りました。わたしはこっそりそこへ行き、あなたに宛てた手紙を置いて帰りました。あなたが姉にしたことを、問い質したかったからです。

返事がないのは、あの頃と同じ、あなたお得意の〝無視〟だと思いました。でも、そうではなかった。あなたの手に渡る前に、捨てられていたのです。

森さん、わたしのことなど覚えていなくても驚きませんが、わたしの姉、霜田梨那のことは、忘れたとは言わせません。

姉の縁談が整ったと知らせがきたとき、わたしは大学生で東京にいました。「夏休みに両家の顔合わせがあるから、ちゃんとした服や持ち物を用意しておきなさい」と、親から臨時にお小遣いをもらい、うきうきとワンピースや靴を買ったのを覚えています。

とりわけ嬉しかったのは、控えめで奥手の姉が、おそらくはじめて恋をして、たいそう幸せそうだったことでした。三人きょうだいの一番上で、何かと我慢することが多かった人です。家業は弟が継ぐと決まっているのに、高校を出てからは当然のように働き手の一人となり、家に縛られてほとんどあの街から出たことがありませんでした。東京で気ままにやっていたわたしは、そんな姉に少しうしろめたさを感じていたのです。だからよけいに嬉しかった。

ところが帰省の直前になって、実家から姉の婚約が破棄されたと連絡がきました。母が言うには、相手方に恋人がいたらしいとのこと。人生で、あれほど憤(いきどお)ったことはありません。わたしが実家に帰っても、姉は部屋に籠もったきりで、言葉を交わすこともできませんでした。小さな頃から両親や祖父母に可愛がられ、愛情をたっぷり受けて育った姉にとって、ショックがひとしおなのは想像がつきました。両親も怒りを通り越し、呆然としている感じでした。あの夏の、実家の陰鬱な空気を思い出すと、今でも息苦しくなります。

以来、実家では姉の縁談について口にすることはご法度でした。ですからわたしは、姉を傷つけた富野建設の長男が、破談のもととなった女性と結婚したことも知りませんでした。

後に姉はいい縁談に恵まれ、遠方に嫁ぐことになったので、その前に思い出作りをしようと、二人で旅行に行きました。そこではじめて、姉から婚約破棄の顚末を聞きました。富野さんと婚約して間もない頃、姉が通っていたヨガ教室に、一人の若い女性が入ってきたそうです。帰省中の大学生だと言うので、姉が「うちの妹も大学生だけれど、東京にいてちっとも帰ってこない」と言うと、彼女は「こちらに恋人がいるので、会いたくて帰ってきている」と言ったそうです。二人は気が合って、教室のあと一緒にお茶をしたり、メールのやり取りをするようになりました。

彼女は姉に、恋愛の悩みを相談していたそうです。卒業したらすぐにでも結婚したいが、最近彼の心が離れているような気がする。そう打ち明けられ、自分のことのように胸を痛めました。姉は一生懸命彼女を慰め、励ましました。「彼の誕生日プレゼントを一緒に選んで欲しい」と頼まれれば、快く引き受けて、二人でショッピングにも出かけました。参考にしたいからと、婚約者についてもよく訊かれたそうです。女友だちと恋愛話をするのがはじめてだった姉は、さぞかし楽しかったことでしょう。

彼女の恋人の誕生日が富野さんのそれとごく近いとわかっても、二人で選んで買ったのと同じ財布を富野さんが持っていることに気がついても、見覚えのある男物のTシャツを着て彼女がヨガ教室に現れても、姉は偶然だと思ったそうです。思い込もうとしたのかもしれません。

しかし、お仲人さんから婚約不履行の連絡がきたときには、理由を聞く前に彼女の顔が頭に浮かんだそうです。すぐに富野さん自身からも連絡がきて、直接会って詫びたいと言われましたが、姉はそれを断り、さらに「相手の女性には、決してわたしの身元について話さないこと」と、約束させました。そして、黙ってヨガ教室を辞めました。

「何も知らない彼女を、傷つけたくなかったから」

旅館の部屋で、並べた布団に寝転がって姉は言いました。

また、富野さんについては、恋人だった彼女のことを親から反対されて、無理やりお見合いをさせられたのだろうと、気遣っていました。その口調には、彼への愛情がまだ残っているように感じられ、切なかったです。

話す間、姉は相手の女性のことを「彼女」としか表現しませんでした。だからわたしはこの時点では、姉を苦しめたのがあなただったとは知らなかった。そして、姉の話を鵜呑(うの)

みにしていました。

姉を不幸にしたのがあなただと知って、姉は騙されたのだと、すぐに確信しました。だから、手紙を書いたのです。何年経っていようと、その罪を許す気はありませんでした。あなたには、姉に謝罪してほしかったのです。

しかし、待てど暮らせど返事は来ない。いまだに馬鹿にされているのだと思うと、悔しくてたまらなかった。姉から「忘れなさい」と諭されても、簡単にはいきませんでした。

そしてつい最近、あなたのオンライン・サロンに入ったという知り合いから、あなたの本を借りました。相変わらず、立派で感動的なお話が並んでいました。でもわたしの心には、何も響きません。行間からは「すごいだろう、泣け、感動しろ、感謝しろ、称えろ」という、あなたの声が聞こえてくるのです。あなたは、そういう人です。

先日、富野道隆さんをお訪ねしました。彼があなたとどのように出会い、結婚に至ったのか、伺うためです。

やはり、富野さんとあなたが出会ったのは、彼と姉が婚約したあとのことでした。しかし姉は、あなたが富野さんの長年の恋人だったと信じています。そして富野さんは、自分に婚約者がいることをあなたは知らなかったと、今でも信じています。

森さん、あなたは、自分がたくさんの人たちを傷つけ、人生を台なしにしたことをわかっていますか？

あなたのブログには、沙世さんのことだと思われるエピソードがあります。これも、事実とはだいぶ違う。わたしは沙世さんから、自殺未遂の真相を聞いています。あなたは沙世さんの家族の心を操って、沙世さんを追い詰めたのです。

それだけではありません。文芸教室やオンライン・サロンなど、あなたが関わってきたすべての場所において、あなたに追い出され、人生を狂わされた人たちがいます。倉田理美さんは、その最たる被害者です。

先ほど、理美さんの夫、友昭さんが、救急搬送されたと連絡を受けました。大量の酒と薬を摂取したのが原因だそうです。

友昭さんは先日、あなたの追悼文を読んで、たいそう憤慨されていました。あなたを告発する用意があるとも、おっしゃっていました。具体的に何をしようとしていたのかはわかりませんが、すでにあなたに何かアプローチしていたかもしれません。もしそうであったとしたら、あなたが友昭さんにどう対応したのか、それがこの救急搬送とどう関係するのか、気になるところです。

なぜ、こんなことを繰り返すのか。

どうか、質問に答えてください。そして、傷つけた人たちに謝ってください。

お返事を待っています。

28　森葵からの手紙

真那さん

わたしはプロの書き手です。基本的に、わたしが書く原稿には原稿料が発生します。無報酬でお受けしたのは、わたしの理美さんへの愛情と、あなたへの厚意からです。それをこのような形で踏みにじられるとは、思ってもみませんでした。非常にショックを受け、傷ついています。

本来であれば、然るべき措置を講じるべきですが、あなたが故郷の旧友であることを思うと、そこまで厳しいこともできません。おそらくそれも計算したうえで、あなたはこんな無礼をなさったのでしょうが。

ご提示の「質問」も、無礼な言いがかりとしか言いようがありません。何を探って何を想像されているのか存じませんが、あなたからこのような侮辱を受ける所以は、どこにもございません。

富野さんのご婚約者があなたのお姉様だということは、あなたからの手紙ではじめて知りました。富野さんがどのような言い方をされたのかわかりませんが、わたしは彼がいつ婚約されたのかも知りません。そしてお姉様に対し、富野さんと「長年おつき合いしている」などと話した覚えはありません。よく彼のことで悩みを聞いていただいていたので、誤解なさったのではないでしょうか。

お姉様は、本当に親身になってわたしの相談に乗ってくださいました。おかげで、富野さんから婚約者がいると打ち明けられたときも、なんとか乗り越えることができました。感謝してもしきれません。

富野さんがお見合い相手にお断りしてくださったとき、嬉しくてお姉様にお礼を言いたかったのに、急にヨガ教室を辞められ、電話をかけても繋がらなくなってしまって、感謝をお伝えできませんでした。お家がご商売をされていると伺っていましたから、お忙しくなったのだろうと考えていました。

わたしは本当に、何も知らなかったのです。あなたの手紙を読み、お姉様のお気持ちを考えると、胸が痛みます。悲しい巡り合わせとしか、いいようがありません。

沙世さんの件についても、文芸教室やオンライン・サロンについても、すべて寝耳に水で、何のことやらわかりません。

ブログについてですが、わたしは長年、読者を励ましたくて、なるべくポジティブになってもらえるよう、工夫して記事を書いてきました。多くの人に響くように、普遍的な真理に基づいて書くことを目指しています。そのせいなのか、わたしの文章は、迷っている人や弱っている人には励ましとなる一方で、心にやましいところがある人には、刺さってしまうのです。これまでも、そうやって刺さってしまった人から、不本意な攻撃を受けたことがありました。

もしも、あなたにも刺さったのだとしたら、そこには何か、やましいものがあるのではないですか？　僭越ながら、わたしに牙を剝く前に、鏡を覗いてご自身に問い直す必要があるように思います。

倉田友昭さんの件は、驚きました。

あなたがおっしゃるように、倉田さんからわたしに会いたい旨、連絡がございました。

ご様子が尋常ではなかったため、白川さんに立ち会っていただいて、三人で面談いたしました。

理美さんとわたしとの関係について、倉田さんは大きな誤解をされていらっしゃいました。そのせいで、苦しまれてきたこともあったようです。誤解を解かれたあとは、もっと早くわたしと話をすればよかったと、感謝してくださいました。

倉田さんがわたしへの誤解をいっそう募らせた原因のひとつは、あなたが仕掛けた偽の追悼文集ではありませんか。あなたがあんなことをしなければ、彼があれほど苦しむことはなかったと思います。わたしを非難する前に、どうかご自身を顧みてください。

倉田さんは、理美さんが亡くなってから、寂しさのあまり、お酒をたくさん召し上がるようになったそうです。お会いしたときも、少し酔っていらっしゃいました。

心より、ご快癒をお祈りしております。

29　白川敬の話　その2

ちょっと、困りますよ。中井さんから、こっぴどく叱られてしまいました。彼女の同級生なら、最初からそう言ってくださればいいじゃないですか。中井さんにあんな原稿まで書かせて、どういうつもりだったんです？　今日だって、普通なら門前払いするところですよ。あなたは人を騙したんだから、相手が違っていたら、訴えられていたっておかしくないんだ。これだけで済んでラッキーだったと思って、もう僕に近寄らないでください。

え？　倉田さんが？　理美さんのご主人が、どうしたんです？

ええっ、それは知らなかった。でも、この間お会いしたときも、危なっかしかったからなあ。理美さんが亡くなったこと、自分に責任があるって、思い詰めてるようでしたから。かわいそうに……。

でもまあ、命に別状がなくてよかったです。そうじゃなかったら、僕も寝覚めが悪いってもんです。お会いした直後ですからね。

倉田さんの誤解？　ああ、中井さんからお聞きになったんですか。

ええ、そうです。倉田さんは、理美さんが病気になったのは、中井さんとの関係が悪くなったからだと思っていたんですよ。それで、一方的に中井さんを恨んでいらっしゃった。僕はちっとも知らなかったんですが、酔っ払ってSNSに何やら書き散らしたこともあるそうですよ。さすがに中井さんの名前までは出さなかったそうですけど、危ういですよね。

中井さんは、倉田さんの言い分を、黙ってじっと聞いていました。あんまり酷いことを言うもんだから、僕が思わず口を挟もうとすると、止められましてね。とにかく最後まで聞きましょうと。偉い人ですよ。

彼の言い分は、要するに、中井さんが理美さんに嫌がらせをしていて、そのせいで理美さんが体調を崩し、それがもとで命まで落としたってことでした。よくまあ、そんな突拍子もないことを考えついたものです。

いろいろと細かいエピソードを挙げては、それがどれだけ理美さんを苦しめたか訴えていましたけどね、どれもこれも、中井さんがするとは思えないことばかりで。いや、中井さんというより、まともな大人がそんなことするかよ、ってことばかりなんですよ。

中井さんのエッセイのことも言ってましたね。暗に理美さんを誹謗中傷するような内容だったとか。ええ、それですそれ、『勝手な期待』。これも大きな誤解でしてね、中井さんの作品というのは、実に普遍的で……ええそうです、よくご存じですね。

「弱っている人は励ますけれど、やましい人には刺さってしまう」

よく、中井さんがおっしゃっているとおりです。

倉田さんが話し終えると、中井さんはそれを反芻するように、しばらく黙ったまま目を閉じて考えていました。それからね、倉田さんを優しく慰めるように、言ったんです。

「倉田さん、理美さんが亡くなって、辛いのはわたしも同じです。大切な人の死というのは、相手が大切であればあるほど、責任を感じてしまうものです。倉田さんが感じているように、わたしも感じています。もちろんその深さは、夫である倉田さんには敵いません。でも、わたしと理美さんがいかに親密だったか、倉田さんはよくご存じでしょう？　わたしにとっても、理美さんは心からかけがえのない人だったんです」

すると、興奮状態だった倉田さんが、少し落着きを取り戻しました。中井さんは続けました。

「確かにわたしたちは、最後のほうではぎくしゃくしてしまいました。おっしゃるとおり、わたしが彼女に小説を読んでもらったのがきっかけです。でも、それはあくまでもきっかけで、わたしたちには以前から、少々すれ違いがあったんです。友だちって、そういうものでしょう?

それでもわたしは、編集者としての理美さんを信頼していましたから、小説を読んでもらったんです。褒められたかったんですね。でも厳しい評価にあって、打ちのめされてしまいました。理美さんは何も悪くありません。わたしが弱虫だっただけです。

ええ、確かにわたしは理美さんに、とてもきついメールを出しました。ですが、すぐに謝罪のお手紙を頂いて、恥ずかしくなって、直接お会いして謝りました。本当です。わたしたちの関係が徐々に戻ったことは、倉田さんもご存じのはずです。

ですが理美さんは、本当に心優しい方だから、わたしを辛い気持ちにさせて、さらに謝らせてしまったことを、いつまでも苦にしていらっしゃいました。いい人過ぎるんですね。わたしには、その優しさが逆に苦しかった。辛かった。それで、距離をおくようになりました。

離れてしまったのは、そういうわけです。誰も悪くないんです」

あの二人にそんなことがあったなんて、僕は全然知りませんでしたから、いちいち驚いて聞いてました。倉田さんは、ぽかんとしてましたね。

中井さんは最後に、彼に訴えました。

「倉田さん、理美さんが亡くなったあと、ああすればよかった、こうすればよかったと、わたしもたくさん考えました。あなたと同じです。本当に苦しかったですよね。

長く寄り添ったご夫婦の間には、わたしにはわからない、友人関係とはまた別格の、複雑なできごとがたくさんあったでしょうから、後悔することも、わたしなんかとは比べものにならないほど、あったんじゃないですか？

たとえば以前、理美さんが、ぽろっとこぼしたことがありました。若年性更年期障害で苦しんでいたとき、夫が理解してくれないことが一番辛かったって。いえ、あなたを責めていたのではなくて、ただ、たとえ夫婦でも一〇〇％わかり合えるわけではないと、おっしゃりたかったんだと思います。夫婦だろうと親子だろうと、どんな愛情があってもすべてはわからない。ひとつの真理ですよね。

それでも愛し合う二人だから、先に死なれてしまうと、残されたほうはたまりませんよね。自分がしたことが、全部悪かったような気持ちになってしまう。何を思い出しても、後悔の念が湧いてくる。

でも、もういいんじゃないですか。わたしは最近、理美さんの優しい笑顔をよく思い出します。本当に優しい人でした。

倉田さん、理美さんはきっと許してくださっています。わたしはそう信じます」

倉田さん、ポロポロ涙をこぼして、うなだれましてね。何て言葉をかけてあげればいいのか、わかりませんでしたよ。

え？　倉田さんが「もっと早く中井さんと話をすればよかった」って、言ってたかって？

さあ、そう言葉で言ってたかどうかはわかりませんけど、でも、そういう雰囲気でしたよ。

感動的でした。

それにしても、どうして薬に大量飲酒なんてこと、したんでしょうねえ。

30　隆くんママの話 その2

あら、『あなたはもっと輝ける！』、わざわざ返しにきてくれたの？　いつでも構わなかったのに。この間ルミンさんの三冊目が出て、今そっちを読んでるところなのよ。それも傑作なの。読み終わったら、貸してあげる。あ、その前に二冊目の『心が震える言葉の魔術』を貸そうか。

いらない？　うーんそっか、じゃあ、オンライン・サロンも興味ないの？　なあんだ、ユウキくんママにもサロンのこと訊いてたっていうから、てっきり興味あるのかと思っちゃった。残念だな。

実はね、わたし最近、サロンの運営のほうに関わり始めたの。全然そんなつもりなかったんだけど、サロン運営の中心だった人が、何人か急に辞めちゃってね、ルミンさんから直々（じきじき）に誘われちゃった。うん、そりゃあ嬉しかったよー。いろいろと大変なこともあるけど、それよりも楽しさのほうが大きい。何よりも、ルミンさんがぐっと身近な存在になったことが、本当に夢みたい。

前は週末だけだったけど、今はほとんど毎日のように、サロンのスタッフたちと何かしらの活動してて、忙しいったらないの。今日もこれから図書館に行かなくちゃ。資料集めでね。サロンでイベントをやろうって提案したら、通っちゃったもんだから、責任重大。夫は呆（あき）れ返ってる。家のことを疎（おろそ）かにするなよって。でも、わたしが生き生きしてるのが嬉しいみたい。ちょっとはしゃぎ過ぎかな。

でも実際、ルミンさんのサロンに入る前は、子育てのことや家事の分担のことで、よく夫婦喧嘩してたんだ。今は全然しないもの。自分の人生が充実していると、人に優しくなれるものなんだって。ルミンさんが言ってた。

ルミンさん、最近、友だちだと思っていた人に騙されたんだって。ちょっとした誤解が原因だったみたい。謂れのない恨みをかって、陥れられそうになったって、ものすごくショックを受けてた。

嫉妬されたんだろうって。同郷で、同い年で、途中まで似たような人生を歩んでいたのに、気がついたら片方は成功者になってた。その嫉妬心を正当化するために、無意識下で誤解を生じたんだろうって。ずいぶん人生を無駄にして、とてもかわいそうだって、ルミンさん言ってた。

「わたしには、あなたたちのような素晴らしい仲間がいる。だから、かわいそうなその友だちを憎まずに済むの。ありがとう」

そう言って、わたしたちに頭を下げてくれたのよ。わたし、ぽうっとしちゃった。素晴らしい仲間、なんて言われたら、頑張っちゃうよね。生きてるっていいなあってなるよね。なんて幸せなんだろう。

あ、ごめん、一人で喋っちゃって。イベントは、もしかしたらサロン内だけじゃなくて、どこか大きな場所を借りて、一般客も集める形にするかもしれないから、そうなったら誘うね。

ねえ、なんだか疲れているみたいだけど、大丈夫？　元気出して。またね！

31 堂本江梨の話 その2

あれ？　あなた、どこかでお会いしてますよね、どこでしたっけ？……ああ、ルミンさんの。思い出しました。あのときも確か、サイン会でしたよね。今日はどうしたんです？もしかして、小谷羅夢（こたにらむ）のファンですか？　違うの？　たまたま通りかかって？　へえ、それはまた偶然。

わたしですか？　あのときと同じ、サイン会のスタッフですよ。ええ、あと三十分で、小谷羅夢のトークショーとサイン会があるんです。よかったら、見ていってくださいよ。わたし今、彼女の秘書みたいなことやってるんです。

え、知らないんですか、小谷羅夢。新進気鋭の漫画家ですよ。今日は、デビュー作の単行本の発売イベントなんです。すっごく面白い作品ですから、読んでみてください。

ルミンさんのサロンですか？　辞めました。ごたごたがあって面倒くさくなったんで、離れたんです。ていうか、ここだけの話ですけど、ルミンさんて、ちょっとヤバい人だったんですよね。それで、逃げたんです。

あっ、あなた、ルミンさんのファンでしたよね。ごめんなさい、今のは忘れてください。え、サロンで何があったか訊きたい？　どうしてですか。中井ルミンの恐ろしさを知ってる？　……あなた、ルミンさんのファンじゃないの？　え、同級生？　あなたも被害者ってことですか。驚いた。

じゃあお話ししますけど、発端は小谷羅夢さんだったんです。あの人も、サロンの会員だったんですよ。彼女が漫画雑誌の新人賞で大賞を獲って、デビューしたあと、なんていうか、ルミンさんの態度がおかしくなって。運営スタッフだけのミーティングで「小谷さんは、わたしに成り代わろうとしている」って言い出したんです。サロンが小谷さんに乗っ取られるって。

そりゃあ、会員の中からプロの漫画家が出たっていうので、サロンは盛り上がりましたよ。掲載誌を買って読んで、編集部に感想を送ったりした人もいました。仲間ですもん、応援しますよね。でも、サロンでの小谷さんの立ち位置は、これまでと変わらず、一会員でしかなかったんです。それなのに、そんなことを言い出したからびっくりしました。本人は言わないですけど、まあ、嫉妬ですよね。

それからルミンさん、運営スタッフに変な言いがかりをつけて、怒るようになりました。それも一方的で、いつも「コミュニケーションが一番大事。とことん話し合えば通じます」って言ってるくせに、相手の言い分を一ミリも聞こうとしないんです。ターゲットにされた人たちは、すっかり戸惑っていましたよ。

怖かったのは、ルミンさんがわたしにこう言っていたことです。

「あの人たち、小谷さんに嫉妬して、意地悪してるやろう？　それが目に余って、つい厳しい態度になってしまうんよ。あれは、いかん。絶対に許せん。頑張っている人を応援するのが、このサロンの信条なんやから」

とても気持ちが悪かった。

わたし、急に熱が冷めちゃって。あんなにキラキラしてたルミンさんの輝きも、きれいに失せちゃったんですよね。それで遠慮するのをやめて、小谷さんと仲良くしたんです。だってわたし、彼女の作品を読んで、すっかりファンになっちゃいましたから。

当然、次はわたしがターゲットになりました。スタッフミーティングで、ルミンさんからすごい剣幕で責められたんです。出会った頃のことまでほじくり返して、こっちが忘れているようなことまで持ち出してね。忘れてるっていうか、「そんなことあったっけ？」ということもありました。

覚えのないことで罵倒されているうちに、わたしは、自分が自分でないような感覚に陥っていきました。何なんだろう、これは？　この人の記憶にあるわたしは、いったいどこの誰なの？

これまでのいろんな出来事が、パタパタパタッとひっくり返るのを感じました。盲目的に憧れて、かしずいていたときにはわからなかったけど、ルミンさんは、わたしを一人の人間として見ていなかったんです。彼女はただ、自分をお姫様のように扱って、無条件に褒め称える人が必要だっただけなんです。それは、わたしじゃなくてもよかった。というか、「わたし」なんてものを持ってる人じゃ、だめなんです。

あの人は、ぽっかり空いた穴です。穴でしかない自分自身を愛することができないから、他人を鏡にして自分を映し、それに自分を称賛させて、穴を埋めてるんです。だから彼女は、絶対に他人を必要としてる。

彼女の鏡は、理想の彼女しか映してはいけません。自我を持つなど、もってのほか。だから、鏡にされてしまった人は、彼女からひたすら自我を奪われる。彼女にとって都合の悪い事実は捻じ曲げられ、矛盾は全て鏡の責任にされて、償わされる。そうして、常に輝かしい彼女の姿だけを映し出すことを求められる。それができなくなった鏡は、叩き割られるだけです。

悔しいことに、自分が彼女の鏡にされていたって気づくのは、その、叩き割られたときなんですよね。

粉々にされながら、わたし、考えたんです。鏡にできることは、割られた破片で一か所でも、彼女のどこかに傷跡を残してやることだろうって。そうすれば、次に鏡にされてしまう人が、割られる前に気づけるんじゃないかって。

わーわーまくしたてているルミンさんに、わたしは黙って背中を向けました。そこにいた他のスタッフたちに目配せすると、彼女たちも頷いて、一緒に部屋を出てくれました。もちろん小谷さんも辞めました。

それが精一杯。サロンは表向きは何も変わらず続いているし、あまり堪えてないみたいです。でも、いいんです。彼女にこだわることこそが、あの人を肥えさせるんですから、無視するに限ります。で、今は小谷羅夢ですよ！

ところで、思い出したんですけど、前に、ルミンさん宛てに脅迫状みたいな手紙が来たことあるの、お話ししましたよね？　あれって、実は脅迫状じゃなくて、告発文だったのかもしれません。岡田文芸教室を辞めるときに「嫉妬されて辛いから」って言ってたのも、今から思えば、逆だったんだろうなあ。

あ、出てきた出てきた。あれです、小谷羅夢。素敵（すてき）な人でしょう。キラキラしてる。輝いてますよね。

32
中井ルミンのエッセイ『友だち』

長い間つき合いが途絶えていた古い友人から、突然会いたいと連絡がきた。何だろうと出向いてみると、顔を合わせるなり、何年も前のことで難癖をつけられた。

しかしわたしには、相手が言っていることが、さっぱりわからなかった。一生懸命何かを訴えて、かつ、わたしを糾弾しているのだが、まったく身に覚えがないのだ。出来事は覚えていても、わたしがやった、と相手が言っていることに、覚えがない。

冤罪（えんざい）を被った人は、こういう気持ちなのかな、と思った。胃がきりきりして、気が遠くなってきた。

こういうとき、人は頭に血が上り、同じくらいの勢いで、言い返したくなる。わたしもいつの間にか、握りこぶしに力が入っていた。

「そんな事実はありません」

つい、怒鳴(どな)ってしまった。

すると、相手はいっそうエキサイトし、声のトーンを一段上げて、喚きたててきた。

わたしの握りこぶしも、さらに固くなった。そして、もう一度怒鳴りそうになったところで、思いとどまった。

どれだけ言い争ったところで、何も解決しないと思ったからだ。

相手とわたしは、大昔に起きた同じ出来事を思い出していながら、別の情景を見ている。

そのままでは、自分の景色を主張し合うだけで、何も進まない。


興奮状態の相手に、わたしは静かに提案してみた。

「出来事が始まる前のことを、一緒に思い出してみませんか？」

相手はぽかんとしたが、なんとか説得し、当時のことで覚えていることを、お互いに差し出し合った。

あのとき、ああでしたね。

そして、こうなりましたね。

こんなことも、ありましたね。

その次に、こうなったのですよね。

話しながら、ふと、二人が対立から協力の関係に変わっていることに気がついた。

それでも、安心はできない。話はいよいよ問題の場面に差しかかり、相手が言った。

「あのとき、わたしはあなたから、このような冷たい仕打ちを受けたのです。それを、謝って欲しいのです」

そこではじめて、相手が言う「仕打ち」が、わたしにとっては「思いやり」だったことがわかった。「そんな事実はありません」ではなく、単なる誤解だったのだ。

なぜわたしが、それを「思いやり」として行ったのか、前段階を〝一緒に思い出す〟作業を通じて一度協力し合ったせいか、相手は今度は、わたしの言い分に静かに耳を傾けてくれた。

「誤解していた。申し訳なかった。もっと早くあなたと話し合えばよかった。本当にありがとう」

次に相手から出てきたのは、真摯な謝罪と感謝の言葉だった。

「わたしのほうこそ、長い年月、あなたを苦しめるような誤解をさせてしまって、ごめんなさい」

わたしも、真摯に謝った。

翌週、わたしたちは二人で食事をした。誤解のせいで失ってしまった時間を、埋め合わせたい。お互いに、同じ気持ちだった。

しかし、美味しい料理を食べ、ワインを飲み、楽しくおしゃべりしているうちに、「失った時間」などない、と感じた。

離れている間も、わたしは相手のことを考えていたし、相手もわたしのことを考えていたことが、ひしひしと、わかったからだ。

友だちっていいな。

一人で家路につきながら、わたしは気がつくと、スキップしていた。

こんな素晴らしい友だちがいる。それだけで、わたしの人生は大成功だ。

参考文献

自己愛性パーソナリティ障害　市橋秀夫　大和出版
平気でうそをつく人たち　M・スコット・ペック　森英明・訳　草思社文庫
モラルハラスメント　マリー＝フランス・イルゴイエンヌ　高野優・訳　紀伊國屋書店
他人を支配したがる人たち　ジョージ・サイモン　秋山勝・訳　草思社文庫
サイコパス　中野信子　文春新書

岡部えつ（おかべ・えつ）
1964年大阪府生まれ、群馬県育ち。2008年、第3回『幽』怪談文学賞短篇部門大賞を受賞、翌年、受賞作を表題とした短篇集『枯骨の恋』でデビュー。2014年7月に刊行された『残花繚乱』がTBS木曜ドラマ劇場で「美しき罠　～残花繚乱～」として連続ドラマ化（主演：田中麗奈）。著書に『新宿遊女奇譚』『生き直し』『パパ』『フリー!』、共著に『果てる　性愛小説アンソロジー』など。2018年1月公開の映画「嘘を愛する女」（主演：長澤まさみ、高橋一生）の小説版も担当している。

カバーイラスト　たかなつめ
デザイン　bookwall
DTP　茂呂田剛　畑山栄美子（エムアンドケイ）
校　正　新居智子　根津桂子
編　集　小野結理（KADOKAWA）
本書は過去「レタスクラブ」（KADOKAWA）に掲載されたものに、加筆、再構成しています。

怖いトモダチ

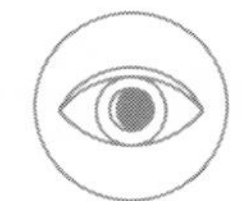

2024年2月16日　初版発行
2024年4月 5 日　３版発行

著　者　岡部えつ

発行者　山下 直久

発　行　株式会社KADOKAWA
〒102-8177　東京都千代田区富士見2-13-3
電話 0570-002-301（ナビダイヤル）

印刷・製本　株式会社暁印刷

●お問い合わせ
ps://www.kadokawa.co.jp/（「お問い合わせ」へお進みください）
容によっては、お答えできない場合があります。
ートは日本国内のみとさせていただきます。
nese text only
ーに表示してあります。
4-04-897696-1 C0093

htt
※内
※サ
※J
定価
ISB